꿈의
불가마

꿈의 불가마

정소정
장편소설

차례

모든 슬픔이 사라지는 곳

　문을 열고 마당으로 나오자 갓 지은 밥처럼 하얀 눈이 흩날리고 있었다. 3월에 눈이라니! 보이지도 않을 정도로 먼 하늘 끝에서 출발한 눈송이가 주연의 뺨 위에 사뿐히 내려앉았다. 닿자마자 녹아내린 눈 덕분에 뺨은 방금 운 것처럼 젖어버렸다. 다른 꽃들보다 일찍 꽃망울을 틔운 죄로 차가운 눈을 맞고 있는 개나리를 보며 주연은 생각했다.

　'꼭 나 같잖아.'

　주연이 대기업의 인턴에 합격해서 다니던 회사를 그만두겠다고 말했을 때, 팀장은 만류했다. 일 년만 더 고생하면 반드시 정규직으로 전환시켜주겠노라며 손까지 잡으며 약속했다. 갓 뽑은 자판기 커피를 쥐고 있던 그의 손은 따뜻하다 못해 뜨거웠다. 하지만 일 년 뒤, 뜨거웠던 약속은 '미안하게 됐다'는 차가운 말로 바뀌었다. 주연은 왜 약속을 지키지 않느냐고 팀장에게 따져 물었다.

"안주연 씨, 어른들은 도장 찍은 것만 약속으로 봐."

결국 식은 자판기 커피처럼 텁텁한 '어른의 대답'이 돌아왔을 뿐이지만……. 주연은 그토록 원했던 채용계약서 대신 실업급여 신청서와 인근에서 가장 월세가 싼 집의 임대차계약서에 도장을 찍었다. 그 집에 입주하고 딱 일주일 만에 수도관이 터졌다. 그날 저녁에는 주연이 입사하고 싶은 회사에 근무하는 선배와의 약속이 있었다. 사소한 팁이라도 얻으려면 우선 씻어야 했다. 혹시나 해서 냉장고 문에서 떼어 챙겨놓은 쿠폰들을 뒤졌다. 다행히 쿠폰들 사이에 지금 이 순간 자신에게 꼭 필요한 명함 크기의 종이 한 장이 끼어 있었다. 그건 바로 목욕권이었다.

목욕권 뒷면에 꽤나 불친절하게 그려진 약도를 보고 겨우 찾아간 곳에는 낡은 3층짜리 벽돌 건물이 하나 있었다. 빛바랜 장밋빛 벽돌 건물은 지은 지 천 년은 된 것처럼 보였다. 이렇게 낡은 목욕탕이 아직 영업 중이라니! 주연은 잠시 머뭇거렸다. 씻긴 씻어야 하는데 어쩐지 엄두가 나지 않았다. 가까이 다가가 보니 입구에 간판 같은 게 있긴 했는데, 천마총에서 꺼내기라도 한 건지 산화되어 푸른빛이 도는 동판이었다. 아직까지 이런 간판을 쓰는 가게가 있다니! 유심히 보지 않으면 발견할 수 없을 것 같은 그 간판에는 '여성전용불가마 미선관'이라고 새겨져 있었다.

"미…… 선…… 관……?"

목욕탕과는 거리가 먼 이름이었다. 겉모습이 이런데 안은 또 얼마나 낡았을지. 문을 열기가 꺼려져 발걸음을 되돌리려는 순간 까마귀 떼가 울기 시작했다. 대체 어디서 온 건지 나무 위에 떼 지어 앉아 울어대는데, 기가 질려 주연은 그 자리에 얼어붙었다.

'그래, 눈 딱 감고 여기서 씻자. 한 푼이 아쉬운 상황이잖아.'

주연은 철문을 향해 손을 뻗었다.

무거운 철제문을 밀고 들어가자 카운터에 앉은 늙은 여자가 알이 작은 근시 안경 너머로 주연을 슥 보고는 하던 일을 계속했다. 그녀는 주연이 가져온 것과 꼭 같은 종이에 스탬프를 찍고 있었는데, 종이를 보지도 않고 정중앙에 정확하고 빠르게 찍었다. 그 모습이 그 자리에서 그녀가 보낸 긴 세월을 말해주는 듯했다.

"막 하러 오셨어요?"

"막이요?"

막이라는 말을 잘 몰라 어리둥절한 주연의 얼굴을 보고 그녀는 그럴 줄 알았다는 표정을 지어 보였다.

"씻으러 왔죠?"

"네."

"그럼 요 아래 사우나로 가요."

그녀는 주연이 다른 곳으로 가길 바라는 눈치였다. 하지만 주연에게는 다른 곳이 아닌 바로 이곳에서 씻어야 할 분명한 이유가 있었다.

"그냥 여기서 씻을게요."

"뭐 하러 그래? 우리 업장은 낡아도 너무 낡았어요. 젊은 사람들한테는 영 불편해."

그녀는 이번에는 손사래까지 치며 만류했다. 손님을 내쫓는 목욕탕이라니! 이쯤 되니 주연 역시 슬슬 오기가 생겼다.

"아뇨, 여기서 씻을게요."

주연은 '여기서'를 특히 강조해서 말했다.

"그래요? 그럼 어쩔 수 없지, 뭐." 그녀는 긴 한숨을 내쉰 뒤, 수건과 가운을 주연에게 건네며 말을 이어갔다. "대신 들어가서 보고 맘에 안 들면 환불해줄 테니까 바로 나와요. 그 편이 서로에게 좋아."

"아, 네."

주연은 그제야 니스 칠을 해서 반들거리는 짙은 색 나무 탁자 위에 목욕권을 올려놓았다. 카운터의 여자는 목욕권을 보더니 주연을 다시 보았다. 꼭 그 작은 종이에 무슨 특별한 의미라도 있는 것처럼.

"엄마가 여기 단골이신가 봐?"

"아뇨."

주연은 궁금증이 다 풀리지 않은 여자를 뒤로한 채 수건 두 장과 가운을 재빠르게 받아 들고 도망치듯 카운터에서 빠져나왔다. 대체 왜 이러는지 모르겠지만, 무슨 상관인가? 그냥 씻기만 하면 되는 거다. 주연은 하얀 가림막 천을 들추었다. 안으로 들어선 순간 놀란 나머지 그 자리에 얼어붙고 말았다. 반들반들 윤이 나는 체리색 마룻바닥, 그보다 더 짙은 빛깔의 고동색 나무 캐비닛, 은방울꽃 모양의 우윳빛 천장 조명까지……. 무엇 하나 예쁘지 않은 것이 없었다. 언제부터 거기 있었던 건지 알 수 없을 정도로 오래된 물건들은 자리한 시간만큼 깊은 빛을 내뿜고 있었다.

주연은 다른 목욕탕에서는 단 한 번도 본 적이 없는 원목 캐비닛에 옷을 벗어놓고 씻으러 갔다. 물결무늬로 장식된 불투명 유리문을 밀자 마치 신전을 연상시키는 대욕장이 모습을 드러냈다. 층고가 높고, 그 높은 천장 아래쪽으로는 창이 나 있어 빛과 바람이 드나들었다. 열린 창으로 날아든 눈송이가 바닥에 닿기도 전에 대욕장의 열기 속으로 사르르 형체를 감추었다. 탕에 몸을 담그니 허리 아래는 뜨겁고 코끝은 시원했다. 눈을 감으니 마치 인간 세상에 잠시 들른 신이 된 기분이었다.

오랜만이었다. 이런 곳에서 특별한 기분을 느끼는 건. 아니, 살면서 이런 종류의 여유를 단 한 번이라도 누려본 적이 있었던가. 40대 중반인 팀장은 '엠지세대는 돈도 없는 주제에 욜로나 즐긴다'며 욕을 하곤 했지만, 스물아홉 살인 주연은 욜로는커녕 '거지방'에 참여하고 있었다. 지출을 공유하는 오픈톡방인 그곳에서는 빵 하나 사먹는 것도 죄악시했다. 그런 주연에게 지금 이 순간은 어쩐지 현실이 아닌 것만 같았다. 그리고 무엇보다 이 순간이 자신의 것이 아닌 것만 같았다. 목욕권은 딱 한 장뿐이니까. 이곳에서의 목욕도 이번 한 번뿐이다. 그러니 '이 기회를 실컷 누려야지!'라고 생각할 수 있다면 좋았겠지만 주연은 그 반대였다. '익숙해지기 전에 얼른 나가야지'라는 생각이 그녀의 머릿속을 가득 채웠고, 그때부터는 서둘러 씻기 시작했다. 언제부턴가 주연은 아름답고 좋은 것들에 둘러싸여 있으면 어쩐지 불안해졌다. 어쩌다 친구를 따라 백화점에 가기라도 하면 불편해서 5분에 한 번꼴로 시계를 확인했던 것처럼. 광속으로 샤워를 마치고 젖은 머리를 정수리에 붙을 정로로 위로 높게 올려서 돌돌 말아 묶었다. 그 모습이 마치 뿔이 난 도깨비 같았다. 주연이 밖으로 나가려는데 어디선가 날아온 거대한 비눗방울이 그녀의 몸 전체를 감쌌다. 아주 짧은 순간이었지만, 주연은 꼭 투명한 캡슐 속에 들어간 것처럼 보였다.

"어머 미안, 뿔 언니. 난 아무도 없는 줄 알고 날렸지. 무슨 사람이 그렇게 조용히 씻어? 도둑고양이도 아니고."

비눗방울을 날린 건 대욕장 구석에서 일을 하고 있던 세신사였다. 그녀는 빨간 브래지어와 팬티를 유니폼처럼 입고 무당의 칼춤을 연상시키는 현란한 몸짓으로 손님의 때를 밀고 있었다. 신기하게도 세신베드에 누운 손님은 편안한 표정으로 깊은 잠에 빠져 있었다. 주연이 탈의실로 나와 몸을 닦고 옷을 입고 있는데 한눈에 보기에도 품위가 넘치는 부인이 다가왔다.

"혹시 집으로 가시려구요?"

"네. 다 씻어서요."

"그러니까 씻기만 하고 집에 가려고요?"

주연은 이게 대체 무슨 질문인지, 또 이 핑크색 트위드 바지 정장을 위아래로 빼입고 풀 메이크업까지 한 부인은 누구인지 영문을 몰라 잠시 눈을 크게 뜬 채 그녀를 응시했다. 아줌마라기엔 눈가에 잔주름이 많아 보이고, 할머니라기엔 잡티가 전혀 없는 피부를 가진 그녀는 피식 웃었다.

"지금 바빠요?"

"아뇨, 그건 아닌데……."

"그럼 옷 벗어요."

그녀의 단호한 말투에 주연은 홀린 듯 옷을 벗었다. 옷을 벗고 그녀가 시키는 대로 가운을 다시 입으며 생각했다. 정말이지, 이상한 목욕탕이야. 기껏 씻겠다는 손님에게 다른 목욕탕을 권할 때는 언제고, 다 씻고 집에 가려고 하니 이제는 가지 말라니! 하지만 어쩐지 거역할 수 없는 그녀의 보이지 않는 힘에 이끌려 어느덧 출입문과 정반대 방향에 있는 또 하나의 문 앞에 이르렀다.

"직접 열어봐요."

주연은 이번에도 역시 그녀가 시키는 대로 직접 문을 열었다. 그곳에는 뜻밖에도 산이 있었다. 시원한 산바람이 얼굴로 쏟아졌다. 산이라니. 그것도 눈이 흩날리는 동시에 꽃이 핀 봄 산이라니! 꿈에서나 볼 법한 광경이었다.

"봐요. 열어보길 잘했죠?"

"그러게요."

"앞으로도 꼭 문이 있으면 열어봐요. 열어보기 전까지는 모르는 거니까."

그녀는 말을 마치고 손님들이 쉬고 있는 평상을 지나 야외 공간 구석에 있는 헛간으로 갔다. 헛간 앞에는 장작이 수북하게 쌓여 있었다. 그녀는 핑크색 트위드 재킷을 벗어 안감이 밖으로 나오도록 접어서 곁에 두고는 그대로 장작을 패기 시작했다. 그녀의 도끼날 아래서 나무가 '쩍' 소리를 내며 단번에 쪼개졌다. 주연은 그 광경을 넋을 잃고 바라보고 있었다.

"이거 아가씨 거예요?"

그때 업장을 청소하는 스태프로 보이는 중년의 여성이 다가와 말했다. 그녀는 각 얼음만 남은 플라스틱 용기를 주연의 눈앞에 들어 보였다.

"아뇨."

"그럼 치워도 되겠네?"

"아, 네."

중년의 여성이 한 손에 들고 있는 큰 봉투에 얼음을 부으려는 순간이었다.

"안 돼!" 저 산 깊숙한 곳에 숨은 사슴도 들을 수 있을 정도로 우렁찬 목소리가 어디선가 들려왔다. "버리지 마요! 내 거야!"

목소리의 주인은 온몸이 붉게 달아오른 데다가 가운까지 땀에 흠뻑 젖어 있었다. 덩치가 컸는데 조금도 비대한 구석은 없었고 온몸이 돌처럼 단단해 보여서 마치 한 마리의 호랑이 같았다. 그녀는 플라스틱 용기를 가져가 마치 얼음이 과자라도 되는 듯 가볍게 부숴 먹었다.

"죄송해요. 저는 버리는 건 줄 알고……."

겁에 질린 주연의 사과에 그녀는 아무렇지 않게 대꾸했다.

"버리긴. 일부러 얼음만 산 건데?"

"얼음 언니 왔어?"

저편에서 장작을 패던 부인이 손까지 흔들어 보이며 반갑게 외쳤다.

"벌써 왔죠, 대장 언니!"

주연은 이곳의 작명법을 알 것 같았다. 그건 그다지 복잡하지 않았다. 한 번에 알아볼 수 있는 특징 뒤에 '언니'를 붙이는 것이었으니까. 이 '언니'라는 호칭에 나이는 상관없었다. 얼음을 먹는 덩치 큰 여자는 '얼음 언니', 장작을 패고 있는 이곳의 사장으로 보이는 부인은 '대장 언니' 그리고…….

"그러고 보니 처음 보는 얼굴이네, 뿔 언니?"

얼음 언니는 올림머리를 하고 있는 주연을 '뿔 언니'라고 불렀다. 그러고 보니 대욕장에 있을 때, 세신사도 그렇게 불렀었다. 그건 주연이 태어나 처음 가져본 별명이었다. 어디서나 주인공이 되라고 엄마가 지어준 '주연'이라는 이름과는 반대로 눈에 띄는 게 싫어서 늘 뒷자리에 숨어 있었던 덕분일까. 그녀는 학창시절에도 별명 하나 없었다.

"뿔 언니는 대장 언니 조카인가?"

얼음 언니가 주연에게 물었다.

"아뇨."

"아, 그냥 손님이구나? 난 또……. 너무 닮아서 조카인 줄 알

왔네."

그렇게 말하고 훌쩍 일어나 그녀가 향한 곳에는 그리 크지 않은 돔 형태의 구조물, 바로 불가마가 있었다. 벽돌 모양으로 깎은 돌을 쌓아 만든 불가마는 밥그릇을 엎어놓은 것처럼 봉긋한 모양이었다. 표면에는 오랜 세월 그을고 닳은 상처가 주름처럼 나 있었고, 검버섯 같은 이끼가 곳곳에 피어 있었다. 거의 기다시피 허리를 굽히고 들어가야 하는 작은 출입문은 블랙홀처럼 사람들을 빨아들이고 있었다. 이곳을 찾은 거의 모든 손님들이 그 작은 문으로 들어가거나, 그곳에서 나오고 있었다.

주연은 사람들의 물결에 휩쓸리듯 그 문으로 다가갔다. 손을 뻗어 문고리를 당기고 허리를 숙여 머리를 안으로 들이미는 순간, 뜨겁고 습한 기운이 얼굴을 덮쳤다. 숨을 쉴 수도, 눈을 뜰 수도 없었다. 열기와 습기가 매섭게 달려들었다. 마치 보이지 않는 수백 개의 손바닥이 뺨을 치는 것처럼.

"아악!"

뜨거울 거라는 건 충분히 예상했지만 이 정도일 줄은 몰랐다. 주연은 불에 덴 강아지처럼 깡충거리며 뒷걸음질 쳤다.

"안 들어갈 거면 나 먼저 들어갈게요."

노래하는 것처럼 들리는 부산 사투리 억양이 들려왔다. 뒤를 보니 키가 크고 날씬한 여자가 서 있었다. 찜질가운 아래로 드러난 마른 팔에는 선명하게 근육이 잡혀 있었다. 주연이 옆으로 비켜서자, 여자는 뜨겁지도 않은지 자신의 굴로 기어 들어가는 표범처럼 미끄러지듯 빠르게 들어갔다. 이어 한 노인이 용수철처럼 튕겨져나왔다.

"아이고! 아이고야!"

껍질이 벗겨질 것처럼 벌게진 그녀는 흡사 비명을 지르듯 소리쳤다.

"괜찮으세요, 할머니?"

주연은 곧 쓰러질 것처럼 보이는 그녀를 부축했다. 그녀는 힘겹게 입을 열었는데, 들리는 말은 뜻밖이었다.

"오늘 막이 너무 좋아."

그녀는 고통스러운 표정과는 정반대의 이야기를 하고 있었다. 그녀의 말에 주연은 불가마에 대한 호기심이 더 커졌다. 하지만 쉽사리 들어가지 못하고 망설였다. 그러는 동안 수많은 사람들이 그 작은 문으로 드나들었다. 그때마다 열기를 내뿜으며 아주 잠시 열렸다 닫히는 문이 주연을 향해 이렇게 말하는 것만 같았다.

'넌 어차피 여기 못 들어와.'

문이 닫힐 때의 반동으로 파르르 떨리는 모습이 어쩐지 자신을 비웃는 것처럼 보였다. 왜 나만 안 되는데? 다른 사람들은 다들 잘만 들어가는데 왜 나만?

'미안하지만 안주연 씨는 안 돼. 신입 직원은 아무래도 더 어린 친구로 뽑고 싶네.'

주연의 귓가에 기억 속 팀장의 목소리가 울려 퍼졌다.

'주연아, 결혼 이야기는 우선 없던 걸로 하자.'

정규직 전환되면 결혼하자며 식장까지 알아보던 남자친구 진남의 목소리도 들려왔다.

'넌 어차피 못 들어가.'

내년이면 서른인데 남들에게는 잘만 열리는 수많은 문들이 주연이 들어가려고만 하면 눈앞에서 닫혔다.

'다른 사람은 다 들여보내도 넌 안 돼'라고 말하는 것만 같은 작고 두꺼운 문을 보며 주연은 생각했다. 아니, 나도 들어갈 거야. 살이 데는 한이 있더라도 들어갈 거야. 들어가서 꼭 땀을 흘릴 거야. 그렇게 결심한 주연이 마침내 손을 뻗어 문고리를 잡아당기려는 순간 누군가 그녀의 팔을 잡아끌었다. 돌아보니 아까 그 카운터에 있던 여자였다.

"오늘 막이 참 좋네요, 카운터 언니."

불가마에서 나오던 손님이 그녀에게 말했다. 그녀는 이곳에서 '카운터 언니'로 불리고 있었다.

"막에는 들어가본 적 있어요?"

카운터 언니가 주연에게 물었다.

"아뇨, 처음이에요."

"그럼 평소에 사우나는 좀 해요?"

"아뇨. 목욕탕을 잘 안 와서요."

"그럼 안 돼. 여기는 절대 못 들어가."

서운할 정도로 단호한 말투였다. 아니, 안 된다고 말하면 다인가? 적어도 납득할 만한 이유 정도는 설명해줘야 하는 거 아닌가? 주연은 갑작스러운 거절에 화가 났다.

"아뇨. 들어갈래요. 저도…… 들어가고 싶어요. 들어갈 수 있어요."

"사우나 같은 거라고 생각하면 곤란해."

카운터 언니는 경고하듯 말했다. 주연은 그녀의 말을 뒤로하고 다시 문을 향해 손을 뻗었다.

"괜히 나중에 딴말하지 마요. 나는 분명히 말렸으니까. 화상을 입든 질식을 하든 난 모르는 일이야."

카운터 언니의 말이 채 끝나기도 전에 문이 열렸다. 불가마 안에서 뛰쳐나온 여자는 문을 닫지 않고 그대로 가버렸다. 주연은 열린 문에서 뿜어져 나오는 열기에 놀라 그 자리에 얼어붙었다.

"막 문 닫아요!" 호랑이처럼 우렁찬 목소리가 들려왔다. 얼음 언니였다. "얼른 문 닫아, 뿔 언니! 막 다 식어."

주연은 얼음 언니의 다급한 목소리에 떠밀리듯 막 안으로 뛰어들었다. 선 채로 들어가는 거라면 발부터 들이밀었을 것이다. 하지만 기어 들어가야 하는 입구의 특성상 선택의 여지 없이 얼굴부터 들이밀어야 했다. 한 번도 경험한 적 없는 습하고 뜨거운 공기에 숨이 막혔다. 몇 번이나 돌아서고 싶은 마음을 참고 발걸음을 내딛었다. 안으로 들어갈수록 높아지는 돔 형태의 천장 덕분에 비로소 설 수 있었다. 하지만 이내 발바닥이 뜨거워져 도저히 서 있을 수 없었다. 깡충거리는 주연의 앞으로 뭔가가 툭 떨어졌다. 알록달록한 딸기 무늬 패턴의 수면 양말이었다.

"그쪽한테 버리는 거예요. 너무 많이 사서."

아까 주연을 스쳐서 먼저 지나간 키 큰 여자였다. 그녀는 깊은 물속에서 숨 쉬는 한 마리 고래처럼 편안해 보였다.

"또 버려?" 얼음 언니가 말했다. "여기서 이쁜 언니가 버린 수면양말만 대체 몇 개야?"

그녀는 이곳에서 '이쁜 언니'로 불리고 있었다.

"배송료가 아까워서 깔별로 사다 보니까 집에 뭐가 자꾸 쌓이더라고요. 쌓인 건 나눠야지. 안 그럼 다 썩어요."

그녀의 말에 얼음 언니가 피식 웃으며 다시 말했다.

"깔별로 사서 나눠주는 게 아니라, 나눠주고 싶어서 깔별로 사는 거 아냐? 그런 게 아니면 멀쩡한 걸 실밥이 터졌다느니, 처치 곤란이라느니…… 핑계 댈 이유도 없잖아, 안 그래?"

"주고 싶은 건 어디까지나 내 맘인데, 받는 사람한테 부담주면 안 되잖아요."

주연은 이쁜 언니에게 감사하다고 말하고 싶어 입을 벌렸지만 순간 열기가 입안으로 들이쳐 목구멍을 막는 바람에 그대로 입을 닫고 고개만 꾸벅 숙여 보였다. 그녀가 준 수면양말을 신고 막 안으로 들어가 바닥에 깔린 거적 위에 앉았다. 그제야 좀 살 것 같았다. 하지만 모래시계의 푸른 모래가 아래로 떨어질수록 젖은 머리칼이 그대로 양배추 찜처럼 흐물흐물하게 쪄지는 것만 같았다. 평소에는 가만히 누워서 휴대폰으로 이것저것 보다 보면 한 시간이 훌쩍 가 있곤 했는데, 이곳에서는 오 초가 오십 분처럼, 오 분이 닷새처럼 길게 느껴졌다. 그 순간, 뭔가가 또다시 그녀의 앞에 툭 떨어졌다. 수면양말과 똑같은 딸기 무늬의 머릿수건이었다.

"깔맞춤 하라고."

이쁜 언니가 쑥스러운 듯 주연의 시선을 피하며 말했다.

"이쁜 언니, 안 나가?"

얼음 언니가 자리에서 일어서며 말했다.

"저는 좀 더 있다가 나갈게요. 아직 땀이 덜 났어."

이미 땀이 충분히 나서 온몸이 참기름이라도 바른 듯 반짝거렸는데도 이쁜 언니는 그렇게 답했다. 얼음 언니는 밖으로 나가며 이렇게 말했다.

"아! 시원하다. 천국이 따로 없네."

주연은 이해할 수 없었다. 대체 뭐가 시원하고 어디가 천국이란 건지. 남들은 그렇게 좋다던 불가마가 주연에게는 지옥같았다. 앉아 있기만 해도 피부가 따갑고 숨은 점점 더 막혀오고. 천국은 무슨! 이대로 더 버티다간 죽어 나가겠다 싶어서 엉덩이를 들었는데, 그런 주연을 향해 이쁜 언니가 경고하듯 말했다.

"지금 나가면 여긴 지옥이에요. 영원히."

주연은 그 말에 멈칫했지만 이내 뜨거움이 온몸을 휘감았고, 더는 견딜 수 없어서 그대로 문을 향해 걸어갔다.

"아깝네. 진짜 쫌만 더 버티면 천국인데…… 그걸 못 참아서……"

이쁜 언니는 그 말을 남긴 채 주연을 앞질러 밖으로 나갔다. 문이 열리며 시원한 바람이 주연에게로 불어왔다. 숨이 확 트이는 것만 같았다. 그 딱 한 줄기의 바람만으로도 살 것 같았다. 그대로 바람이 불어온 곳을 향해 달려 나가고 싶은데 이상하게 발이 움직이지 않았다. 뜨거운 바닥에 발바닥이 들러붙기라도 한 걸까? 그건 아니었다. 주연의 발목을 붙잡은 건 뜨거움도, '천국'이라는 말이 주는 기대감도 아닌, '그걸 못 참아서'라는 말이었다.

'그걸 못 참아서…… 그걸 못 참아서…… 그걸 못 참아서……'

이쁜 언니가 남기고 간 그 말이 아무리 끊어내도 다시 자라나는 도마뱀의 꼬리처럼 길게 늘어지며 주연의 발목을 휘감았다. 인정하기 싫지만 자존심이 상했다. 뜨겁고 습한 공기가 어느새 숨구멍을 틀어막는 것만 같았다. 하지만 주연은 문이 아니라 가장 안쪽 자리로 가서 다시 앉았다. 모래시계는 고장이라도 난 건지 모래 알갱이가 하나하나 보일 듯이 느리게 떨어지고 있었다. 공기에 화상을 입을 수도 있는 걸까? 이대로 뛰쳐나가야 하는 걸까? 고민 중이던 주연의 살갗에 송골송골 땀이 맺히기 시작했다. 그 작고 둥근 액체가 한번 솟아나자, 온몸에 맺히고 흘러내리기까지 그리 긴 시간이 필요치 않았다. 그리고 곧 천국이었다! 땀방울이 불가마 안의 뜨거운 공기 속으로 날아오르며 몸의 열기를 빼앗아가는 바람에 살갗 위로 시원한 바람이 불어왔다.

그건 정말이지 주연이 태어나 처음 경험하는, 그러니까 지금껏 느껴본 것과는 완전히 다른 차원의 시원함이었다. 여전히 불가마 안은 지옥처럼 뜨거웠고 변한 것은 없었다. 다만 달라진 게 있다면 땀이 날 때까지 도망치지 않고 버텼다는 것. 그 기다림의 시간이 살갗 위 오직 1밀리미터 높이의 공간에만 바람이 부는 천국을 만든 것이었다. 그건 다른 사람은 느낄 수 없는, 오직 자신만의 비밀스러운 낙원이었다. 주연은 그제야 알 것 같았다. 자신의 삶이 왜 그렇게 힘들었는지. 뜨거움 앞에서 땀이 날 때까지 견디지 못하고 매번 너무 빨리 문을 열고 뛰쳐나갔던 것이다. 조금 더 버티고, 조금 더 부딪혀야 했다. 지금까지 세상이 유독 자신에게만 가혹하다고 생각했는데, 그게 아니었다. 멀리서 보면 운이 좋아 보이는 사람들도 실은 남몰래 도망치고 싶은 순간을 참고 견뎌 자신만의 천국을 만들었던 것이 아닐까.

땀에 흠뻑 젖은 채 불가마 문을 열고 나가자 밖은 소란스러웠다. 대장 언니가 장작을 패던 곳에 사람들이 모여서 웅성이고 있었다. 가까이 가보니 대장 언니가 도끼를 쥔 채 쓰러져 있고 주변에 가운을 입은 손님들 여럿이 둘러싸고 있는 게 아닌가. 주연은 놀라 더 가까이 다가갔다.

"그러게 뭐 하러 그렇게 장작을 패요?"

얼음 언니가 걱정스럽게 말했다.

"아니, 그게……." 대장 언니가 몸을 일으키며 대답했다. 그 와중에도 도끼를 놓지 않고 꼭 쥐고서. "장작 주문한 게 배송이 늦어지고 있지, 뭐야. 잘못하면 내일 화부가 올 때까지 도착 못 하겠어."

다행히 그녀는 다친 곳은 없어 보였다. 그저 현기증 때문에 쓰러진 거라고 주변 손님들이 이야기해주었다.

"그럼 불가마 하루 안 하면 되죠. 땀 하루 안 흘려도 우리 안 죽어요."

"그건 안 되지."

"왜 안 돼요?"

"약속이잖아." 대장 언니는 단호하게 말했다. "이곳에 오면 늘 가장 좋은 땀을 흘릴 수 있다는 그 믿음이 깨어지면 미선관은 더는 미선관이라고 부를 수가 없는 거예요."

믿음이 깨어지면 미선관은 더 이상 미선관이 아니다? 대장 언니의 그 말에 주연의 마음 한구석에 오물처럼 찝찝하게 묻어 있던 '약속'이라는 말에 대한 불신이 사라졌다. '도장을 찍은 것만 어른의 약속'이라던 팀장의 말이 가마의 뜨거운 불길에 녹아내리는 것만 같았다.

"미안하다고 하면 되죠. 안 그래요?"

이쁜 언니가 말했다.

"미안하다는 말만큼 값싼 게 있을까? 시간이나 돈을 들이지 않고 입만 뻥긋하면 되는 거잖아. 우리 미선관은 그런 값싼 말이랑 어울리지 않지. 내가 가진 것들 중에 제일 값지고 귀한 것들로만 채워 넣은 곳이니까."

"그래도 설마 지금까지 하루도 안 쉰 건 아니죠?"

얼음 언니가 물었다.

"삼십 년. 그러니까 달로는 360달, 날로는 만 일이 넘는 시간 동안 단 하루도 안 쉬었어요."

대장 언니의 담담한 어조 속에는 긍지가 담겨 있었다. 그녀는 손님들과의 약속을 지키기 위해 가마의 불을 목숨처럼 지켜온 것이었다. 그 약속에는 계약서도 인감도장도 없었다. 손님이라기보다는 이제 친구나 식구 같은 단골들은 장작 패는 걸 도와주려 했지만 대장 언니는 만류했다.

"이게 손에 익으면 여자 힘으로도 얼마든지 쪼갤 수 있는 건데, 안 해본 사람이 하려고 하면 도끼날이 나무에 먹혀. 그러다 다칠 수도 있고."

어느덧 손님들은 각자의 자리로 흩어지고 주연만 남아 있었다. 주연은 자기도 모르게 대장 언니가 장작 패는 걸 보고 있었다. 쩍 소리를 내며 나무가 갈라지는 걸 보고 있노라니 속이 다 시원해지는 것 같았다.

"닮았어."

나무를 패다 말고 대장 언니가 주연에게 말했다.

"네?"

그녀가 고갯짓을 한 방향에는 개나리를 닮은 흰 꽃이 피어 있었다. 가녀리고 청초한 꽃이었다.

"가녀린 몸에 거짓말이라곤 단 한 마디도 못 할 것 같은 말간 얼굴. 그리고 무엇보다 꽃말이 뿔 언니랑 닮았어."

"……꽃말이 뭔데요?"

"그건 직접 한번 알아봐요. 다 말해주면 재미없잖아."

그녀는 다시 장작을 패기 시작했다. 눈이 그친 파란 하늘 위로 치켜든 도끼는 산이라도 쪼갤 기세였다. 그 모습에 주연은 자기도 모르게 중얼거렸다. 멋있다. 정말 멋있다.

"뿔 언니, 안 들어가?"

저만치서 얼음 언니가 우렁차게 외쳤다. 그녀의 말투는 마치 오래전부터 같은 말을 해온 것처럼 익숙했다. 그러고 보니 주연의 몸은 어느새 땀을 흘린 적이 없는 것처럼 보송해져 있었다.

"네, 가요!"

주연 역시 오래전부터 같은 말을 해온 것처럼 익숙하게 답하고는 불가마 손잡이를 힘껏 잡아당겼다. 묵직한 열기가 손바닥에 전해지자, 가슴속에는 두려움 대신 용기가 차올랐다. 곧이어 지옥의 입김 같은 열기가 얼굴로 들이쳤다. 여전히 뜨거웠다.

"뿔 언니, 뭐 해? 얼른 문 닫아! 막 다 식어."

얼음 언니의 외침과 함께 주연의 생애 두 번째 막이 시작되고 있었다. 그렇게 만두를 찌듯 가마 안에서 몸을 푹 쪄낸 뒤, 밖으로 나와 땀을 말리고, 다 마르면 다시 가마 안으로 들어가기를 서너 차례 반복하는 '미선관식 찜질법'으로 주연은 생애 첫 막을 무사히 마쳤다.

주연이 캐비닛으로 돌아와 처음 한 일은 꺼두었던 휴대폰의 전원 버튼을 누르는 것이었다. 휴대폰이 살아나면서 잊고 있던 현실에도 불이 켜졌다. 가장 먼저 빛을 내며 튀어 오른 문제는 다름 아닌 전 팀장의 연락이었다.

— 안주연 씨, 발주 받은 부품 재고 목록 어디 있는지 좀 알려줘.

퇴사하기 전에 업무 인수인계 파일을 만들어서 전달해주었지만 그는 열어보지도 않고 무슨 일만 생기면 매번 연락을 해왔다. 그때마다 주연은 화를 억누르며 파일이 저장되어 있는 위치를 말해줬다. 하지만 지금은 그러고 싶지 않았다. 주연은 답장을 보내는 대신 통화 버튼을 눌렀다.

"어, 안주연 씨. 뭐 하다 이제야 연락을 줘?"

"제가 뭘 하든, 언제 연락을 하든 이제는 제 마음 아닌가요?"

팀장은 잠시 말이 없었다.

"뭐, 그래. 그렇지, 뭐. 그래서 파일 어딨어?"

"팀장님, 그거 말고 저한테 하실 말 없으세요? 그런 질문 이전에 저한테 할 말이 있어야 할 텐데요."

수화기 너머에서 긴 한숨이 들려왔다.

"뭐? 무슨 말?"

그의 목소리에는 곰팡이처럼 눅눅한 짜증이 묻어 있었다.

"아직 저한테 미안하다는 말 안 하셨잖아요."

"아직도 그 소리야? 안주연 씨 진짜 성숙하지 못한 사람이네. 그래가지고 어디 다른 회사에나 들어갈 수 있겠어? 사회의 룰도 제대로 모르면서?"

어제의 주연이었다면 이쯤에서 그만두었을 것이다. 혹은 그다지 죄송하지 않아도 죄송하다고 말했을 것이다. 그렇게 말하면 상황은 일단락되니까. 그런 식으로 마음에도 없는 말로 상황을 모면하는 게 더 편했다. 하지만 지금은 아니었다.

"팀장님, 하고 싶은 말씀 다 하셨어요?"

"뭐?"

"그럼 이제 해야만 하는 말을 하셔야죠."

"뭐야?"

"그게 어른 아닌가요? 제가 아는 어떤 분이 말씀하시던데 미안하다는 말은 약속을 어겼을 때 할 수 있는 가장 값이 싼 대처래요. 근데 팀장님은 그것조차 안 하셨잖아요. 돈도 안 드는 그 값싼 말조차."

"아, 씨발. 진짜."

팀장의 입에서는 결국 험한 말이 나왔다. 하지만 주연은 물러서지 않고 차분하게 다음 말을 기다렸다.

"그래, 미안하다. 미안해! 이제 됐지?"

그의 말이 진심이 아니라는 건 주연 역시 잘 알고 있었다. 하지만 그녀는 수개월이 걸려서 들은 그 '미안하다'는 말에 울컥했다. 그리고 이내 '계약 해지'라는 말을 들었을 때에도 흐르지 않던 눈물이 쏟아졌다. 주연의 울음에 당황한 팀장은 다시 연락하겠다며 부랴부랴 전화를 끊었다. 주연은 휴대폰을 도로 캐비닛에 넣고 조금 더 울었다.

주연은 그대로 대욕장으로 가 몸을 씻었다. 비누를 사용하지 않고 물로만 씻어냈을 뿐인데도 어찌나 시원한지 마음 깊숙한 곳의 묵은 때까지 모두 씻기는 듯했다. 잊고 싶지만 잊히지 않고 가슴에 쌓여 있던 모진 말들, 지우고 싶지만 그럴수록 더욱 선명하게 떠올라 끈적하게 들러붙던 수치스러운 기억들도 땀과 함께 씻겨나가는 것만 같았다.

대욕장 천창으로 오후의 햇살이 축복처럼 쏟아졌다. 그제야 냉탕 옆 벽면을 가득 채우고 있는 모자이크 타일 장식이 주연의 눈에 들어왔다. 푸른 배경 위로 다섯 명의 여자가 둥글게 서로의 손을 잡고 춤을 추고 있었다. 그녀들은 실오라기 하나 걸치지 않았지만, 조금도 외설적으로 보이지 않았다. 서로의 작은 손에 의지해 어딘가로 날아오르려는 것만 같았다. 그 발돋움이 향하는 곳이 어디인지는 알 수 없었지만, 아마도 지금 발 디딘 곳보다는 더 자유롭고 자신다울 수 있는 곳이리라.

목욕을 마치고 미선관의 가운이 아닌 자신의 옷을 입자 주연은 꿈에서 깨어난 것만 같았다. 모처럼 꾼 좋은 꿈이었다. 영원히 깨고 싶지 않을 만큼. 하지만 그녀는 누구보다 잘 알고 있었다. 당분간 이 꿈을 다시 꾸기는 힘들 거라는 사실을. 이름도 얼굴도 모르는 누군가가 쿠폰들 사이에 남기고 간 목욕권 한 장. 그건 주연에게 신데렐라의 유리 구두 같은 마법이었다.

"잠시만요."

카운터에 캐비닛 열쇠를 반납하고 돌아서는데, 카운터 언니가 주연을 불러 세웠다.

"네? 저요?"

"그래요. 이거 가져가요."

주연이 받아 든 건 흔한 편지봉투였다. 발신자란도 수신자란도 비어 있는 그 하얀 봉투는 안에 뭐가 들었는지 배가 볼록하게 불러 있었다. 안을 들여다보니 거기엔 목욕권이 가득했다.

"이게 뭐예요?" 강매일까? 아니, 영업이라고 봐야 하나? 강매든 영업이든 주연은 걸려든다 해도 돈을 지불할 능력이 없었다. "죄송한데 저 돈이 없어서……."

주연의 말이 채 끝나기도 전에 카운터 언니가 입을 열었다.

"돈은 필요 없고……."

"네?"

"경품이에요, 경품. 우리 미선관에서는 단골손님들한테만 목욕권을 파는데 한 달에 한 번 추첨을 해요. 그게 오늘이었고."

"그러니까…… 그 말은…… 제가 당첨이 됐다는 건가요?"

카운터 언니는 고개를 끄덕여 보였다. 당첨이라니. 지금껏 사소한 행운조차 자신을 피해 가기만 했는데…….

"이게 다 몇 장이에요?"

"백 장."

"네? 백 장이요?"

놀라서 벌어진 입을 다물지 못하고 있는 주연에게 카운터 언니는 사감 선생이라도 되는 듯 이번만큼은 엄격한 목소리로 말했다.

"일 년 안에 다 써야 돼요. 그리고 양도 금지! 남한테 주거나 되팔지 마요. 내가 경품으로 나간 거는 장부에 다 기입해뒀으니까."

"네, 알겠습니다. 감사합니다!"

주연은 최대한 깊이 허리를 굽혀 인사한 뒤 문을 나서다 말고, 멈춰 섰다.

"저기…… 근데 뭐 하나 여쭤봐도 돼요?"

"그러세요."

"불가마 옆에 있던 꽃나무요. 혹시 이름이 뭔지 아세요?"

"어떤 나무? 나무가 한두 개여야지."

"아! 흰 꽃이 핀…… 개나리처럼 생긴 나무요."

"그거? 미선나무."

미선관 출입문을 나서자마자 검색해본 미선나무의 꽃말은 바로 '모든 슬픔이 사라진다'였다.

꽃탕, 사랑을 닮은 아침 첫 막

　미선관의 하루는 밤의 기운이 채 가시지 않은 이른 새벽에
시작된다. 새벽 4시, 화부가 와서 가마 안에 장작더미를 쌓고
불을 붙인다. 밀폐된 뜨거운 공간에서 땀을 흘린다는 점에서
는 핀란드 사우나와 얼핏 비슷해 보이지만 불가마는 막을 데
우는 방식이 전혀 다르다. 뜨겁게 데운 돌에 물을 붓는 게 아
니라, 막 안에 직접 불을 지르는 것이다. 가마에 불을 지피고
다 타고 남은 재를 긁어낸 뒤, 그 위에 짚으로 만든 거적을 얹
는다. 거기에 물을 부으면 불기운을 그대로 머금은 증기가 솟
아올라 돔 형태의 막 위쪽으로 가서 흙과 돌로 쌓은 벽면 구석
구석에 스며든다. 하루를 거뜬히 견딜 정도로 뜨거운 막이 그
렇게 이른 아침이면 만들어진다.

손님들이 본격적으로 찾기 전, 바로 이 아침 첫 막을 즐기는 시간은 대장 언니가 하루 중 가장 좋아하는 때였다. 어쩌면 이 시간을 위해 적자를 무릅쓰면서까지 미선관을 운영하고 있는 게 아닐까 싶을 정도였다.

"준비됐어?"

온몸이 폭 감길 정도로 큰 거적을 두 장이나 겹쳐서 뒤집어 쓴 카운터 언니가 그녀에게 말했다. 두 사람은 대장 언니가 이 곳을 인수한 이래 삼십 년째 늘 함께였다.

"잠깐만요."

대장 언니는 막에 들어가기 전 거적을 하나 더 겹쳐 썼다. 그 모습에 카운터 언니는 웃음을 터뜨렸다.

"삼십 년을 해도 꽃탕은 익숙해지지를 않는다니까."

'꽃탕'은 아침 첫 막을 일컫는 말이다. 누가 이름을 지은 건지는 모르겠지만 오래전부터 사람들은 그렇게 불렀다.

"그러게요. 꽃탕은 맨날 무서워."

두 사람은 지옥처럼 뜨거운 꽃탕으로 뛰어들 듯 빠르게 들어가 납작 엎드렸다. 아무리 불가마 고수라고 해도 그곳에 오래 머물 수는 없었다. 몇 초나 지났을까. 땀도 나기 전에 누가 먼저랄 것도 없이 앞서거니 뒤서거니 하며 뛰쳐나왔다. 죽음처럼 뜨거운 막을 함께하고 나면 어쩐지 평소에는 조금 하기 힘들었던 말도 쉽게 나오곤 했다.

"그 목욕권 백 장, 대체 왜 준 거야?"

카운터 언니는 대장 언니에게 진작 묻고 싶었지만 무슨 이유가 있겠거니 싶어 넘어갔던 그 일에 대해 질문했다. 그날 처음 방문한 손님에게 있지도 않은 경품까지 만들어서 목욕권을, 그것도 백 장씩이나 준 이유가 대체 뭘까? 그녀는 궁금했지만 그때는 묻지 않았다. 그렇게 해달라고 부탁하는 대장 언니의 표정에 설명하기 힘든 간절함이 묻어 있었기 때문이다.

"벌써 한 달 전이네요. 뿔 언니가 여기 온 것도."

대장 언니는 주연이 처음 미선관을 찾아온 날을 떠올렸다. 그날 아침, 미선관이 처음 문을 열던 날 남편이 선물해주었던 시계가 멈췄다. 약을 갈아도 소용없는 걸로 보아 완전히 수명이 다한 모양이었다. 오래전에는 흔했지만, 이제는 비슷한 것조차 구할 수 없는 금색 탁상 시계였다. 아쉬운 마음에 멈춘 시계를 버리지 못하고, 미선관 3층에 있는 자신의 집으로 가져다 놓으러 갔다. 그런데 벌써 몇 년째 집 안에만 틀어박혀 있다시피 한 아들이 바깥을 내다보고 있는 게 아닌가. 그가 보고 있는 곳에는 젊은 여자가 한 명 서 있었다. 바로 주연이었다. 타인에 대한 관심을 조금도 보이지 않던 아들이 누군가를 그렇게 바라본 건 처음 있는 일이었다. 그때, 무슨 일인지 까마귀 떼가 이상할 정도로 악을 쓰며 울어대는 게 아닌가. 순간 오랫동안 잊고 있던 말이 떠올랐다.

'시간이 멈춘 날, 가마의 주인이 까마귀 떼를 몰고 찾아올 걸세. 이미 열쇠를 가지고 있는 그이는 물에 젖으면 머리에 뿔이 돋아날 테니, 그런 이가 찾아오면 환대해주게. 그럼 자네의 소원이 이루어질 테니.'

그건 삼십 년 전 미선관을 인수할 때, 이곳의 주인이던 노파에게서 들은 이야기였다. 노파는 비록 몸은 늙었지만 정신만큼은 손님들의 이름을 한 번만 듣고도 정확히 기억할 정도로 맑은 편이었다. 다만 대장 언니가 그 이야기를 들었을 당시 노파는 죽음을 목전에 둔 상태였고, 그래서 대장 언니는 그녀의 이야기를 혼미한 정신에서 비롯된 허황된 소리쯤으로 여기며 흘려들었다. 이후에도 종종 그 말이 떠오르긴 했지만 믿은 적은 없었다. 그런데 하필 시계가 멈춘 날, 까마귀 울음소리와 함께 뿔 모양으로 머리를 올려 튼 아가씨가 목욕권을 가지고 미선관을 찾아온 것이다. 그냥 지나치기엔 너무나 큰 우연의 연속이었다. 하지만 이 모든 일들보다 더 마음을 붙잡은 건 그녀 자신의 소원이었다. '가마의 주인'이라는 게 대체 무엇인지는 모르겠지만, 그 사람이 나타나면 소원이 이루어진다는 그 말이 지금의 그녀에게는 너무나 중요했다. 한때는 밝고 살가웠던 아들 윤기가 벌써 몇 년째 어두운 굴속에 몸을 숨기듯 사람들을 멀리하고 있었다. 윤기는 프랑스로 가기 전까지만 해도 하루에 다섯 번은 웃는, 누구보다도 사람들을 좋아하는 아이였다. 그랬던 그가 프랑스에서 무슨 일이 있었던 건지 연락도 없이 불쑥 한국으로 돌아온 뒤로는 웃음을 잃고 만 것이다. 윤기가 예전처럼 다시 웃을 수만 있다면 노파의 예언보다 몇 배는 더 이상한 예언도 대장 언니는 기꺼이 믿을 수 있을 것만 같았다.

"그러니까 뿔 언니가 예언 속 그 사람일 수도 있으니까 목욕권 백 장을 줬다는 거네?"

대장 언니의 이야기를 다 들은 카운터 언니가 차분하게 물었다.

"나도 참…… 바보 같죠? 그런 말도 안 되는 얘기나 믿고."

"그런 소리 하지 마. 지금은 뭐라도 해봐야지. 얼마나 귀하게 얻은 자식이야."

같이 웃으며 바보 같은 짓이라고 맞장구쳐줄 줄 알았던 카운터 언니가 대장 언니의 손을 꼭 잡으며 그렇게 말했다. 그러자 대장 언니는 코끝이 찡해지며 목이 멨다.

"세상에 뭐 설명할 수 있는 일만 일어나나?" 카운터 언니가 다시 말했다. "내가 팔십 년을 살아보니까 절대 안 그래. 그리고 원래 믿음이라는 건 믿는 사람의 의지야."

"의지라구요?"

"그래. 뭘 믿을 때는 꼭 그게 믿을 만해서 믿는 게 아니라, 믿고 싶어서 믿는다는 거지. 삼십 년 전에 우리 처음 만났을 때, 기억 안 나?"

"기억나죠. 어떻게 잊겠어요."

"그때도 그랬잖아. 우리 그때도 기적을 바라고 할 수 있는 건 다 했잖아, 그지?"

정말 그랬다, 그때는. 대장 언니는 평생 잊지 않겠다고 맹세해놓고 실은 그때 그 마음을 까맣게 잊고 있었던 것이다. 그녀가 '대장 언니'라는 이름을 갖기 전, 그러니까 미선관이 문을 열기 전에 그녀는 '구현자'라는 자신의 진짜 이름으로만 불렸다. 당시 그녀가 또 하나 꼭 갖고 싶은 이름이 있다면 그건 바로 '누구 엄마'였는데, 그 이름을 갖는 게 말처럼 쉽지 않았다. 친구들의 임신 소식을 들었을 때는 임신이라는 게 마음만 먹으면 쉽게 되는 건 줄 알았다. 하지만 막상 자신이 아이를 가지려 하자 한 달이 지나도, 두 달이 지나도, 일 년이 지나도 소식이 없었다. 자궁을 따뜻하게 해준다는 한약도 지어 먹고 흑염소 즙도 먹고 잉어도 먹었다. 그렇게 노력해도 소식이 없다가 이제 포기해야 하나 하고 먹던 것들을 모두 끊었을 때였다.

"축하합니다. 임신이네요."

거짓말처럼 임신이라는 말을 들은 것이다. 그녀는 '복권 1등에 당첨되셨습니다!'라는 말이라도 들은 것처럼, 아니 어쩌면 그보다 훨씬 더 기뻤다. 감사하다는 말을 어찌나 여러 번 했던

지 담당 의사는 고마움을 넘어 미안함까지 느꼈다. 기쁨이 그저 기쁨으로만 머무를 수 있다면 가장 좋았겠지만, 언제나 그렇듯 신은 행운의 바로 뒷장에 가장 큰 불행을 감추어둔다. 얼마 뒤 그녀는 자신의 뇌에 종양이 있다는 이야기를 듣게 된 것이다.

"뇌종양 치료를 하려면 배 속의 아기는 포기하셔야 할 것 같습니다."

옆머리가 희끗한 장년의 의사는 차트를 보며 건조하게 말했다.

"포기라뇨? 안 돼요, 선생님. 제가 죽는 한이 있어도 이 아이는 포기 못 해요."

현자는 격양된 목소리로 울먹이며 말했다.

"환자분, 그게 말처럼 그렇게 쉬운 게 아닙니다. 생각을 해보세요. 환자분 말대로 하면 아기가 태어나기도 전에 끝이 찾아올 수도 있습니다. 그럼 아기도, 환자분도 다 죽는 거예요."

이번에는 의사도 다소 격양된 목소리로 경고하듯 말했다.

"그러니까 살려주세요, 선생님. 네? 뭐든 할게요."

"제가 드릴 수 있는 얘기는 이거 하나입니다. 선택을 하셔야 돼요, 환자분. 의사로서는 당연히 치료를 권해드리고 싶습니다. 아기는 또 가질 수 있지만, 목숨은 하나뿐이잖아요."

하지만 그 말은 틀렸다. 아기를 또 가진다는 게 말처럼 쉬운 일이 아니었다. 게다가 운이 좋아 아기를 또 가진다고 해도, 지금 자신의 배 속에 있는 이 아기를 다시 가질 수는 없는 일이었다. 의사는 둘 중 하나를 선택해야 한다고 말했지만, 그녀에게는 선택의 여지가 없어 보였다. 종양은 생각보다 빨리 커질 수도 있으며, 치료는 시간이 지날수록 더 어려워질 거라는 의사의 경고에도 불구하고 그녀는 배 속의 아기를 포기하지 않았다. 그렇다고 해서 자신의 목숨을 포기했는가 하면, 그건 절대 아니었다. 그녀는 배 속의 아기에게 위협이 되지 않는 범위 내에서 할 수 있는 건 뭐든 했다.

아기도 살리고, 나도 살아야 한다. 그 생각 하나로 이를 악물고 평소라면 비웃었을 일들까지도 좋다는 말만 들리면 뭐든 했다. 기도를 해서 낳았다는 사람이 있으면, 그곳으로 가서 기도를 했다. 어떤 신인가는 중요하지 않았다. 뭔가를 먹어서 좋아졌다는 사람이 있으면 그걸 먹었다. 거기엔 산 채로 먹어야 한다는 갯지렁이부터 믿지 못할 정도로 비싼 산삼까지 포함되어 있었다. 맨발 걷기가 좋다기에 미친 여자로 오해를 받으면서도 산이건 들이건 도심 한가운데건 가릴 것 없이 맨발로 다녔다. 하지만 그 모든 노력에도 불구하고, 종양은 자라기를 멈추지 않았다. 더는 방법이 없다고 생각될 때쯤 기도원에서 허드렛일을 하던 박 여사가 약도 하나를 그려줬다.

"속는 셈치고 한번 가봐. 동생 오기 전에 있던 아주머니가 이제는 약도 없다던 병을 여기 가서 고쳤다더라고. 내가 그 아주머니 찾아가서 밥 사드리면서 우리 아저씨가 죽을 병 걸렸다고 거짓말까지 해서 어렵게 알아낸 거야."

박 여사가 현자를 위해 그렇게까지 한 데에는 그럴 만한 이유가 있었다. 그녀에게는 평생의 짐과도 같은 그녀의 남편이 또 생활비를 들고 어디론가 사라졌을 때, 현자가 조건도 이자도 붙이지 않고 돈을 빌려줬기 때문이다. 그녀는 그 돈을 결국 다 갚았지만, 현자는 못 받을 각오를 하고 빌려준 것이었다. 여유가 있다고 해서 남에게 베풀 수 있는 건 아니라는 걸 알기에 박 여사는 그 마음에 조금이나마 보답하고 싶었다. 그렇게 현자가 찾아간 곳이 바로 '미선관'이었고, 그 약도를 준 박 여사가 바로 미선관의 '카운터 언니'였다. 현자가 처음 미선관을 찾았을 때, 거기에는 백 살은 되어 보이는 몸이 아주 마르고 작은 노파가 삼베옷을 입고 가마 앞에 쪼그려 앉아 있었다.

"거적을 뒤집어쓰고, 온몸이 푹 젖을 만큼 땀을 흘리고 나와서 그대로 바람에 땀을 말려. 그리고 몸에서 열기가 완전히 다 빠져나가고 찜질을 했던 사실마저 없었던 일처럼 살갗이 보송해진 뒤에 또 찜질을 해. 그런 다음 또 바람에만 말려."

"물에 씻으면 안 돼요? 찝찝할 것 같은데……."

"안 돼. 몸을 푹푹 찌는 거야. 가마 안에서 쪄내고 말리고 또 찌고 말리고 하면 나쁜 건 다 빠지고 좋은 기운이 몸 안에 차곡차곡 쌓이거든. 그리고 집에 가기 전에 물 한 두어 바가지 끼얹었으면 돼. 너무 박박 씻지 말고."

현자는 노파가 알려준 방법대로 찜질을 했다. 그렇게 반년을 한 뒤 종양이 성장을 멈췄다. 처음 있는 일이었다. 담당 의사는 원인은 모르겠지만, 어쨌거나 전과 동일한 크기라고 했다. 그는 종양이 왜 생긴 거냐는 질문에도, 또 왜 이렇게 빨리 커지냐는 질문에도 늘 그렇게 말했었다. '원인은 모르겠지만, 어쨌거나'. 그 말은 언제나 현자를 미치게 만들었는데, 이번만큼은 그렇지 않았다. 현자는 왜 그렇게 된 건지 이미 잘 알고 있었기 때문이다. 그녀는 땀을 흘릴수록 자신의 몸이 새로워지는 걸 느꼈다. 물을 섭씨 100도로 끓이면 수증기가 되듯이, 자신이 완전히 다른 무언가로 변하는 것만 같았다. 그렇게 무사히 아이를 낳았고, 노파에게 감사의 인사를 전하고자 미선관을 다시 찾았다. 그런데 웬일인지 인기척은 없고 불가마는 차갑게 식어 있었다. 현자는 노파의 거처인 작은 초가로 가보았다. 그녀는 몸져누워 있었다.

"왔어?" 노파는 남은 삶의 시간만큼 짧아진 호흡으로 힘겹게 말했다. "자네 그 예쁜 얼굴 한 번 더 보려고 내 아직 안 죽은 거였구만."

"그 와중에도 농담이 나오세요?"

현자는 그녀의 손을 꼭 잡았다. 온기를 잃고 차갑고 축축하게 젖어가고 있는 노파의 피부에 다시 건강해진 현자의 체온이 전해졌다.

"손이 따뜻한 걸 보니 이제 살 만해졌구만."

"안 그래도 그 말씀 드리러 온 거예요."

"이제 괜찮대?"

"종양이 더는 안 자라고 있어요. 덕분이에요."

"다행이네. 너무 잘됐어. 아가랑 오래 오래 같이 살아야지. 보시다시피 나는 곧 갈 것 같아서……. 떠나기 전에 부탁 하나 하려고 하는데……."

"말씀하세요."

"여기, 이곳…… 미선관을 자네가 맡아주게. 나는 자식이 없어서 이대로 가버리면 내 조카들이 이걸 가져갈 텐데…… 그럼 이곳을 그대로 밀어버릴 거야. 내 싸게 줄 테니까 평생 저 가마가 식지 않게 해주게."

노파는 현자에게 미선관 건물과 인근 땅 전부를 시세보다 훨씬 싸게 팔았다.

"부탁이 하나 더 있는데, 이건 내 부탁은 아니고 가마의 부탁이라고 해야겠지."

"불가마의 부탁이요?"

"시간이 멈춘 날, 가마의 주인이 까마귀 떼를 몰고 찾아올 걸세. 이미 열쇠를 가지고 있는 그이는 물에 젖으면 머리에 뿔

이 돋아날 테니, 그런 이가 찾아오면 환대해주게. 그럼 자네의 소원이 이루어질 테니."

　당시 미선관에는 조선시대에 만든 불가마가 하나 있었다. 옆 건물은 일제강점기 때 세워진 목욕탕이었는데, 현자는 오래된 목욕탕을 부수지 않고 옆으로 공간이 이어지도록 건물을 증축했다. 새로 만든 공간에는 손님들이 편히 쉴 수 있는 찜질방, 수면실, 식당, 액세서리 숍 등이 들어왔다. 그녀는 목욕도 하고 찜질도 하고 맛있는 걸 먹으며 쉴 수 있는, 그야말로 여자들을 위한 천국을 만들고 싶어서 수지타산이 맞지 않을 정도로 좋은 자재를 사용해서 정성껏 공간을 꾸몄다. 원래 건물은 단층에 위로는 천창이 나 있었는데, 세 층짜리 건물을 증축하여 맨 위층에는 자신과 가족들이 살 수 있는 집도 만들었다. 그렇게 지금의 '미선관'이 탄생했다. 지금이야 크고 시설 좋은 찜질방이 많아졌지만 그때만 해도 여기만 한 곳은 없어서 손님들에게 '꿈의 불가마'라 불렸다. 꿈의 불가마 미선관에는 삼십 년 동안 하루도 빠짐없이 해가 들고 바람이 불었다. 아들 윤기와 미선관은 함께 태어나고 또 함께 자라난 것이다. 어쩌면 세상에 나오지 못했을 아기가 태어나 장성한 어른이 된 건 바로 '기적을 믿는 마음' 덕분이었다.

　"그러니까 다시 한번 기적을 믿어봐. 그런 기적이 다시 일어나지 말란 법도 없잖아.”

카운터 언니의 말에 대장 언니의 눈시울이 붉어졌다.

“정말 그럴까요?”

“그럼. 우리 같이 믿어보자.”

카운터 언니는 대장 언니의 손을 꼭 잡았다.

그렇게 두 사람은 꽃탕을 마치고 손님을 맞이할 준비를 시작했다. 첫 손님을 잘 맞이하기 위해 대장 언니는 깔끔한 투피스로 갈아입고 카운터로 왔다. 보통 이른 아침에 찾아오는 손님은 밤잠이 없는 노인들이었다. 아침에 당이 떨어지는 노인들을 위해 유리로 된 볼에 땅콩캐러멜을 가득 쌓아두었다. 문이 열리고 첫 손님이 들어왔다. 그런데 뜻밖에도 뿔 언니, 그러니까 바로 주연이었다.

“어머, 이 시간에 뿔 언니가 웬일이야? 설마 꽃탕 하러 왔어?”

“네? 꽃탕이 뭐예요?”

“하긴. 꽃탕이 뭔지도 모르겠구나. 그러고 보니 얼굴에 핏기가 하나도 없네. 어디 아파?”

“아, 그게…… 밤에 잠을 제대로 못 자서…….”

“무슨 고민거리라도 있었어?”

“아뇨, 뭐…… 그런 건 아니구요.”

그렇게 얼버무리고 주연은 대장 언니가 챙겨준 수건과 가운을 받아 들었다. 수건은 세 장, 가운은 특별히 빳빳한 새것이었다.

"한 장 더 넣었어. 신경 쓰지 말고 실컷 찜질하라고."

주연에게 수건은 다른 때보다 더 보송하게 느껴졌다. 거기엔 수건 같은 건 걱정하지 말고 마음껏 땀 흘리라는 대장 언니의 보송한 마음이 담겨 있었다.

"네, 감사합니다!"

주연이 안으로 들어가 캐비닛 앞에서 옷을 벗는데 메신저 알림음이 들려왔다.

— 야, 대박. 박진남 어제 그 여자랑 호텔에서 잤나 봐.

메신저 창에는 민진이 보낸 메시지와 함께 사진 하나가 떠 있었다. 그 사진 속에는 한 쌍의 남녀가 호텔 식당에서 한눈에도 비싸 보이는 브런치를 먹고 있었는데, 그 남자는 다름 아닌 주연과 오 년이나 사귄 남자친구, 진남이었다. 사실 주연이 잠을 설친 것도 어제 늦은 밤부터 민진의 계속되는 제보에 시달렸기 때문이었다.

'야, 이거 네 남친 아냐?'라는 메시지로 시작해 남자친구가 낯선 여자와 호텔 로비 라운지에서 손을 잡는 모습, 반지를 끼워주는 모습 등이 사진으로 전해졌다. 민진은 '다 너를 위해서'라며 열심히 제보를 하고 있었지만 어쩐지 즐기는 것처럼 느껴지기까지 했다. 사실 그날 낮에 주연은 서류 심사에 합격

해 면접을 보게 되었다는 소식을 들었다. 그리고 누구보다도 진남에게 가장 먼저 소식을 전하고 싶어서 문자도 하고 전화도 했다. 하지만 연락이 되지 않았다.

내내 뜬눈으로 지새우다가 새벽에 잠시 잠이 들었을 때 꿈을 꿨는데, 꿈속에서 진남은 주연에게 반지를 주며 청혼했다. 민진이 보내준 사진 속의 반짝이는 다이아 반지는 아니었다. 아무런 장식이 없는 금반지였는데, 주연은 하나도 싫지 않고 오히려 더 좋았다. 단정하고 꾸밈없는 그 모습이 어딘지 믿음직스러웠다. 하지만 반지는 손에 맞지 않았다. 억지로 끼웠는데 빠지지 않아서 진남과 실랑이를 벌이다가 손가락 마디가 부러지며 잠에서 깨어났다. 그리고 해가 뜨자마자 미선관으로 달려온 것이었다. 아직도 손가락 마디가 욱신거리는 것만 같았다.

— 안주연, 너 이대로 넘어갈 거야? 진짜 여기로 안 올 거야?

— 쟤네 밥 다 먹고 엘베 타러 가네.

— 룸으로 가는 듯.

휴대폰은 쉴 새 없이 알림음을 내뱉었다. 주연은 그 소리가 듣기 싫어 무음으로 바꾸었다가, 그래도 신경이 쓰이자 아예 꺼버렸다. 아무리 친구의 불행이라 해도 타인의 불행은 달콤한 걸까? 상대적으로 자신을 조금 더 행복한 사람으로 느끼게 해주니까?

주연은 탕욕은 생략한 채 샤워만 하고 곧장 불가마로 향했다. 야외로 나가는 문을 열자 연분홍빛 꽃잎 한 장이 날아와 머리 위로 떨어졌다. 눈앞에 있는 산은 온통 꽃이었다. 산바람에 날려 온 벚꽃잎이 가마 앞마당을 핑크빛으로 물들였다. 주연은 꽃잎을 밟으며 가마로 갔다. 막에서 땀을 흠뻑 흘리면 기분이 한결 나아질 것 같았기 때문이다. 이제는 꽤 많이 해봤다고 생각해서 두려움 없이 손잡이를 잡아당겼다. 순간 당황스러울 정도의 열기가…… 아니, 열기라는 말로는 부족했다. '불기'라고 해야 할까? 말 그대로, 눈에 보이지 않는 불기둥이 얼굴로 들이치는 것만 같았다.

"뿔 언니, 꽃탕 하려고?"

놀라 뒷걸음질 치는 주연에게 어디선가 불쑥 나타난 얼음 언니가 말했다.

"꽃탕이요?"

"어, 꽃탕. 꽃탕 몰라?"

"네."

"꽃탕이 뭔지도 모르는 애송이가 감히 꽃탕을 넘봤다?"

"꽃탕이 대체 뭔데요?"

"한번 봐봐. 손님들이 어떻게 나오나."

주연은 불가마를 집중해서 지켜봤다. 안에서 뛰쳐나오는

손님들은 여느 때와는 달리 모두 자신의 몸을 푹 덮고도 남을 정도로 큰 거적을 뒤집어쓴 채로 나왔다. 거적을 들춘 그녀들의 몸은 평소보다 훨씬 더 붉었다. 그리고 피부는 흡사 화상을 입은 것처럼 울긋불긋했다.

"봤지?"

얼음 언니가 말했다.

"네. 엄청 뜨거운가 봐요."

"응. 왜냐면 가마에 불을 이른 아침에 때거든. 그러니까 오전에 오면 불구덩이가 따로 없어."

"근데 왜 꽃탕이라고 불러요?"

"그러게, 왜 그렇게 부르지……." 때마침 대장 언니가 근처로 다가오자 얼음 언니는 물었다. "대장 언니, 혹시 꽃탕이 왜 꽃탕인지 아세요?"

"그건 왜?"

"뿔 언니가 궁금해하네?"

"음……. 그건 직접 알려주면 재미없고, 한번 알아맞혀봐."

그렇게 말하는 대장 언니의 뒤로 꽃탕을 마친 손님들이 하나둘 나오고 있었다. 그런데 그들의 몸은 평소처럼 땀에 흠뻑 젖어있기는커녕 보송해 보였다.

"근데 다들 땀이 안 났네요?"

주연이 얼음 언니에게 물었다.

"너무 뜨거워서 땀이 나기도 전에 뛰쳐나올 수밖에 없으니까."

"근데 땀을 흘려야 시원한 거 아니에요?"

"원래 고수들은 꽃탕만 해. 땀 흘리면 진 빠진다고. 꽃탕은 짧은 시간 뜨겁게 지지고 나오는 거거든."

주연은 지금껏 불가마를 하면서 땀을 흘리면 시원해지는 그 감각만큼은 확실히 알게 되었다. 하지만 땀을 흘리지도 않았는데 시원하다고? 집주인이 누수 수리를 차일피일 미루는 바람에 거의 매일 미선관에 와서 불가마를 했는데 아직 가마에 대해서 모르는 것이 더 많은 것 같았다.

"신경통엔 이게 직방이야. 막 이유 없이 아픈 거, 그런 거는 꽃탕에서 지져야 돼. 그냥 막에서는 시원해졌다가도 하루 이틀이면 금방 돌아오지만 꽃탕은 다르거든. 제대로 하면 일주일은 가."

꽃탕을 하면 아픔이 사라진다? 그리고 그 효과가 오래 지속된다! 주연은 얼음 언니의 말에 지금 자신의 해결되지 않는 통증을 떠올릴 수밖에 없었다. 그저 꿈속에서 벌어진 일이었는데도, 진남이 억지로 반지를 빼는 과정에서 짓눌렸던 왼손 약지가 아직도 욱신거리고 있었던 것이다. 하지만 그보다 더 견디기 힘든 건 숨을 쉴 때마다 가슴 어디쯤에서 느껴지는 통증이었다. 지금껏 마음이 아픈 걸 '가슴이 아프다'고 말하는 게 일종의 은유인 줄로만 알았는데, 그게 아니었다. 몸과 마음은 따로가 아니라 하나였다. 마음이 아프면 몸의 통증으로 나타나기도 하는 것이다.

"저도 들어갈래요!"

주연이 말했다.

"뭐? 뿔 언니가? 아직은 무리야."

얼음 언니는 만류했다. 하지만 주연은 어쩐지 지금 이 순간, 통증을 치료하려면 자신이 경험해보지 못한 뜨거움이 필요할 것 같았다.

"아뇨, 들어가야 될 것 같아요."

무언가를 간절히 원할 때는 온 세상이 말려도 막을 수 없다. 그만큼 마음은 힘이 세다.

"그럼 들어가보고 안 되겠다 싶으면 바로 뛰어나와야 돼."

대장 언니가 말했다. 주연은 급히 문을 향해 손을 뻗었다. 문이 열리자 상상 이상의 '뜨거움'이 얼굴로 들이쳤다. '손이나 몸에 상당한 자극을 느낄 정도로 온도가 높다.' 표준국어대사전에 적힌 '뜨겁다'의 첫 번째 뜻이다. 꽃탕 문을 열고 들어갔을 때, 주연이 '손이나 몸'에 느낀 '자극'은 '상당한' 정도를 넘어서 두려울 정도였다. 이쁜 언니가 준 수면양말을 이미 신고 있었는데도 발바닥으로 바닥의 열기가 그대로 전해졌다. 이대로 돌아서 나가야 하나 주춤거리는 찰나, 구름이 태양을 가리듯 그녀의 머리 위로 거대하고 무거운 거적이 살포시 내려앉았다.

"거적 안으로 꼭꼭 숨어, 뿔 언니. 털끝 하나 삐져나오면 안 돼. 알겠지?"

대장 언니의 말에 주연은 맹수를 피해 굴속으로 숨은 초식 동물처럼 몸을 최대한 작게 웅크렸다. 그러자 그녀는 자신이 절대 들통 나면 안 되는 비밀이 된 것만 같았다. 불가마 바닥은 마치 불을 내뿜기 직전의 용이라도 되는 듯 뜨거운 입김을 뿜어내고 있었다. 바닥에서 치고 올라오는 열기가 주연의 몸을 힘껏 두드리고 매만지는 듯했다. 가마에서 흙을 구우면 단단하고 매끄러운 도자기가 되듯 주연의 몸도 완전히 다른 무언가가 되어가고 있는 것만 같았다.

"나와! 더 있음 살 텐다!"

열린 막 문으로 아침햇살처럼 쨍한 얼음 언니의 목소리가 쏟아져 들어왔다. 얼마나 정신없이 뛰쳐나왔던지 눈을 뜨니 바닥에 엎어진 채였다. 막에서 나오자마자 자기도 모르게 그대로 쓰러진 것이었다.

"뿔 언니, 약하게만 봤는데 생각보다 독한 구석이 있네."

얼음 언니의 감탄을 자장가 삼아 주연은 그대로 곯아떨어졌다. 짧지만 깊은 잠이었다. 꿈속에서 주연은 진남과 처음 만났던 순간부터 그와 마지막으로 사랑을 나누었던 지난겨울까지의 시간을 다시 살았다. 그 꿈속에서 두 사람은 더 바랄 게 없는 연인이었다. 꽃탕의 열기가 잊고 싶은 기억만 골라 녹여 버리기라도 한 걸까. 눈을 떴을 때는 평상 위였다.

"뿔 언니 피부에도 꽃이 피었네."

대장 언니의 목소리가 들려왔다. 주연은 그제야 자신의 살 갗 위에 타투라도 한 것처럼 붉은 꽃이 울긋불긋하게 수놓아 진 것을 알아차렸다. 놀라 가운 안을 들여다보니 온몸에 같은 무늬가 새겨져 있는 게 아닌가.

"아, 그래서 꽃탕이구나."

"이제 알겠지?"

그렇다. 아침 첫 막을 하면 온몸에 꽃이 핀다. 눈의 결정 같 기도 하고, 페르시안 카펫에 수놓인 문양 같기도 한 피부 위 붉은 꽃을 주연은 신기한 듯 들여다보다가 입을 열었다.

"이거…… 없어지는 거죠?"

"그럼. 근데 시간이 좀 걸려. 한 삼십 분에서 한 시간?"

산에도 꽃, 살갗 위에도 꽃……. 주연의 쓸쓸한 마음과는 달 리 사방이 꽃이었다. 봄의 온기가 틔운 꽃들과 불가마 열기가 틔운 꽃을 보며 주연은 생각했다. 자신의 피부 위에 붉게 새겨 진 이 꽃들이 꼭 사랑을 닮았다고. 뜨거워야 피고 시간이 지나 면 흔적도 없이 사라지고 마는 사랑. 불가마 문이 열리며 얼음 언니와, 주연이 잠든 사이 도착한 이쁜 언니가 누가 뒤에서 밀기라도 하는 것처럼 뛰쳐나왔다. 제아무리 불가마 고수라고 한들 꽃탕은 익숙해지지 않는 모양이었다. 그것 역시 사랑을 닮았다.

주연은 사랑이 시작되던 순간을 떠올렸다. 꼭 지금 같은 봄날이었다. 카페 창밖으로 바람이 불 때마다 벚꽃이 흩날렸고, 진남은 카페에서 반나절이나 책을 읽고 있는 주연이 '이곳에 있는 사람들 중에 가장 행복해 보인다'며 말을 걸어왔다. 당시 주연은 이혼해서 더는 함께 살지 않는 부모님과 관련된 돈 문제 때문에 오히려 불행하다고 느끼고 있었으므로 그의 고백을 거절했다. 몇 차례 거절했음에도 그는 포기하지 않았고, 결국 그해 여름이 오기 전에 사랑이 시작되었다. 그건 오해에서 시작된 사랑이었다. 그래서 끝이 안 좋은 걸까. 주연은 자신의 사랑이 시작부터 실패가 예견되어 있었던 것 같다는 생각이 들자 울컥했다.

"왜 그래, 뿔 언니? 뜨거워서 그래?"

결국 울음을 터뜨린 주연을 향해 언니들이 앞다투어 질문했다. 꽃탕을 함께한 사람들은 마치 죽음을 함께 경험한 것처럼 마음의 거리가 좁혀진다. 주연은 다른 때라면 하지 않았을 부끄러운 이야기를 언니들에게 털어놓았다. 조금도 미화하거나 숨기지 않고. 초라한 부분은 초라한 대로, 추한 부분은 추한 대로 거울에 비추듯.

"그래서 그놈이랑은 완전히 끝낸 거야?"

얼음 언니가 평소보다 더 거칠게 얼음을 부수며 물었다.

"아마도 끝난 거 같아요. 제가 끝낸 적은 없는데……."

"그럼 그거 안 끝난 거야, 아직." 이쁜 언니가 말했다. "끝내야 끝난 거지. 불씨가 남아 있으면 금방 또 타오르지."

주연은 언니들과 함께 평상에 누워 살갗 위에 핀 꽃이 지기를 기다렸다. 영원히 사라지지 않을 것처럼 선명하던 자국이 어느새 흔적도 없이 사라졌다. 주연은 꽃탕을 한 번 더 했다. 조금도 식지 않은 꽃탕의 열기 속에서 다짐했다. 이곳에서 살아 나가면 꼭, 자신의 손으로 마침표를 찍겠다고. 새로 핀 열꽃이 사라지기 전에.

꽃탕에서 뛰쳐나온 주연은 곧장 탈의실로 가서 가방에서 연두색 모닝글로리 노트와 지우개가 달린 노란색 스테들러 연필을 꺼냈다. 그건 그녀가 고등학교 시절부터 늘 가지고 다니는 것이었다. 진남에게 보낼 메일 초안을 노트에 작성하기 시작했다.

'오 년간 따뜻하게 대해줘서 고마워.'

첫 문장을 쓰고 나니 도저히 다음 문장이 생각나지 않았다. 좋게 끝내야겠다는 생각에 일단 썼지만 진심이 아니라 이어갈 수 없었던 것이다.

'언제는 나 정직원 전환되면 식장부터 잡자더니, 백수 되니

까 딴 여자로 갈아타니? 내 20대의 반을 너 같은 기회주의자 한테 낭비했다는 게 믿기지 않는다.'

이렇게 쓰니 속이 시원했다. 하지만 그대로 메일을 보내자니 오 년이라는 시간에 대한 예의가 아닌 것만 같았다. 상대가 잘 못을 했더라도 조금 더 성숙하게 마무리해야 하는 게 아닐까.

'나는 네 생각처럼 행복한 사람도 아니었고, 그래서 너까지 덩달아 불행해졌나 보다. 근데 지금 이 순간부터 네 행복에는 관심 갖지 않을게. 네가 누굴 만나든 그 사람과 함께 행복하든 불행하든 더는 나랑 상관없는 남의 일이니까. 나는 그저 내 행복에만 신경 쓸 거야. 그리고 꼭 정말로 행복한 사람이 될게. '너보다 더'가 아니라, '지금의 나보다 더' 행복한 사람. 점점 더 행복해지는 사람.'

주연은 이메일을 쓰기 위해 휴대폰을 켰다. 그런데 전원을 켜자마자 진남이 보낸 톡이 화면에 떴다.

― 우리 그만하자. 나도 그냥 나랑 비슷한 연봉 받는 여자 만나서……

그가 보낸 메시지는 그렇게 시작되고 있었다.

― 둘이 같이 주말에는 백화점에 가서 쇼핑도 하고, 남는 돈 차곡차곡 저금하면서 좀 맘 편하게 살고 싶다. 남들처럼 아파트 청약도 넣어보고, 오늘보다 내일 더 잘 살 거라는 믿음도 가지면서. 너랑 같이 맘 졸이면서 맨날 돈 걱정이나 하는 거

솔직히 이제는 지친다. 나 졸라 속물이지? 그러니까 너도 씹새끼라고 욕하고 잊어버려라. 도저히 얼굴 보고 말할 용기가 안 나서 양아치같이 톡 보낸다.

손에서 힘이 빠지면서 휴대폰이 바닥으로 떨어졌다. 산산조각 난 휴대폰 액정이 부서진 시간의 조각들 같았다. 순간, 주연은 결심했다. 더는 부서진 것을 위해 애쓰지 않겠다고. 폭이 좁고 살이 없어 유난히 작아 보이는 주연의 발에서 피가 흐르고 있었다.

"어머! 뿔 언니 괜찮아?"

막의 상태를 확인하러 가던 카운터 언니가 주연을 발견하고는 방향을 바꾸어 걸음을 재촉했다. 그녀는 지난겨울 풍이 와서 쓰러지는 바람에 한쪽 다리를 절었다.

"무슨 일 있어?"

마침 얼음 컵을 하나 더 사려고 가마에서 나온 얼음 언니와, 그녀와 나란히 걸어 나오던 이쁜 언니도 다가왔다. 그렇게 사람이 사람을 불러들여 어느새 땀에 젖은 여자들이 주연을 성벽처럼 둘러싼 모양새가 되고 말았다.

"뭐야? 대체 무슨 일이야?"

얼음 언니의 말에 주연은 설명 대신 휴대폰 속 진남의 이별 메시지를 보여줬다. 언니들은 이런저런 욕을 쏟아부으며 화를 냈는데, 얼음 언니만은 조용했다. 아무 말 없이 그걸 들여다보기만 하던 그녀가 마침내 입을 열었다.

"뿔 언니, 지금 나랑 같이 어디 좀 가자."

"어디요?"

"우선 묻지 말고 옷 입어봐. 잠시면 돼."

얼음 언니는 주연의 의사를 더는 묻지 않고 캐비닛에서 옷을 꺼내 입기 시작했다. 아래 위 모두 알록달록한 꽃무늬가 그려진 스판 소재의 옷이었다. 그녀는 비슷한 옷을 여러 장 사놓고 교복처럼 입었다. 그랬기에 매일 갈아입는데도 불구하고 늘 같은 옷을 입는 것처럼 보였다. 어느새 알록달록해진 얼음 언니가 앞장섰고 주연은 어리둥절하게 그녀를 따라갔다. 그들이 도착한 곳은 다름 아닌 미선관의 주차장이었다.

"타."

얼음 언니가 운전석에 오르며 외쳤다. 그 차를 보고 주연은 깜짝 놀라 잠시 망설였다. 한 번도 타본 적 없는 차였기 때문이다.

"뭘 그렇게 놀라? 얼른 올라와."

얼음 언니의 차는 뜻밖에도 트럭이었다. 그것도 뒤에 큰 케이지가 달린 가축 운반용 트럭. 트럭 뒤쪽에 달린 철제 케이지는 그 안에 주연이 살고 있는 작은 별채를 삽으로 떠서 넣어도 공간이 남을 만큼 커 보였다.

"내가 소 팔아서 먹고 사는 사람 아냐."

그녀는 장사 규모가 커진 지금도 직접 농장으로 가서 소를 골라서 싣고 오곤 했다. 어깨에 심한 만성 통증이 생긴 이후로 매일 가지는 못하지만, 그래도 최소 주 1회 이상은 농장이든 가게든 가서 직접 일을 했다.

"근데 우리 지금 어디 가는 거예요?"

"호텔."

"호텔이요?"

얼음 언니의 대답에 주연은 놀라서 되물었다. 설마 잘못 들은 건 아니겠지?

"왜? 창피해? 이런 차림을 한 아줌마랑 이런 트럭 타고 가려니까?"

"아, 아뇨. 그게 아니라……."

"그게 아님 뭐? 아직 그놈이랑 맞붙을 용기가 안 나?"

주연은 마땅한 대답을 찾지 못했다. 사실 창피한 것도 용기가 안 나는 것도 맞았기 때문이다.

"조금 있으면 체크아웃 시간이니까 지금 가면 얼굴 볼 수 있을 거야. 그러니까 가서 담판을 지어. 뺨이라도 한 대 올려붙이든…… 무슨 방법으로든 마침표를 찍어."

트럭은 어느덧 좁은 골목으로 접어들었다. 호텔이 아닌 주택가였다.

"잠시만 여기서 기다리고 있어."

잠시 후, 비둘기색 몸체에 버건디색 소프트 톱으로 덮인 컨버터블 한 대가 트럭 앞에 멈춰서더니 차 문이 열리며 얼음 언니가 내렸다. 차에 대해서 잘 모르는 주연의 눈에도 비싸 보이는 차였다.

"설마 이 트럭 끌고 호텔 가라고 하겠어?" 트럭으로 다가온 얼음 언니는 주연에게 차 열쇠를 내밀었다. "끌고 갔다 와."

"이거 얼음 언니 차예요?"

"어. 주로 남편이 끌고 다니긴 하지만, 내 돈으로 산 내 차야."

"근데 이거 엄청 비싼 차 아니에요? 제가 몰아도 돼요?"

"비싼 차인 거는 맞는데, 운전은 잘한다지 않았어?"

"그렇긴 한데, 이렇게 비싼 차는 몰아본 적이 없는데……."

"비싼 차라고 해봐야 별로 다를 것도 없어."

얼음 언니는 주연에게 시동 거는 방법부터 트렁크 여는 방법 등 기본적인 조작법을 알려주었다. 일반적인 차들과 조금 다른 점들이 있어서 주연은 노트에 적어가면서 들었다. 얼음 언니는 설명을 마치고 차의 소프트 톱을 열어주었다.

"뚜껑 열고 가. 보란 듯이."

주연은 그렇게 그 차의 가격도 모른 채 시동을 걸었다. 얼음 언니의 남편이 주문을 넣고 일 년을 기다리고서야 받은 인기 모델이라는 것도 알 리 없었다. 액셀을 밟자 엔진의 떨림이 손끝에 그대로 전해졌다. 처음엔 혹시 사고라도 날까 겁이 나서 속도를 내지 못하다가 조금씩 속도를 올렸다. 그렇게 바람을 맞으며 호텔 앞에 도착했다. 직원이 안내해준 곳에 잠시 차를 대고 기다렸다. 입구에서 그리 멀지 않은 곳이라 체크아웃을 하는 손님들의 얼굴이 아주 잘 보였다. 호텔에서 나오는 여자들은 나이가 많든 적든 하나같이 피부가 깨끗했다. 마치 시간의 때가 그녀들에게만큼은 쌓이지 않은 것처럼. 주연은 백미러에 비친 주근깨 가득한 자신의 얼굴을 보았다. 더는 주근깨가 귀여워 보이지 않는 나이였다. 한숨을 쉬며 고개를 들었는데, 자신처럼 잡티가 많은 얼굴이 보였다. 진남이었다. 곁에는 길고 하늘하늘한 원피스를 입은 여자가 호텔에서 파는 곰 인형을 품에 안은 채 행복한 표정으로 걸어 나오고 있었다.

주연이 차에서 내려 진남에게 다가가자 그는 놀란 표정을 숨기지 못했다. 하지만 분명한 건 주연이 아닌 곁에 있는 여자의 눈치를 보고 있었다는 것이다. 그녀에게는 여자친구가 있다는 사실 같은 건 숨겼을 것이다. 그의 표정을 보니 모든 게 분명해졌다. 주연은 자신의 눈을 피하는 진남에게 다가갔다.

"저쪽으로 가서 말하자."

그가 말했다. 얼음 언니의 말처럼 뺨이라도 쳐야 하나. 주연은 잠시 고민했지만 이상하게 그 순간 그런 마음이 모두 사라졌다. 가슴을 가득 채우고 있던 뜨거운 기운이 다 빠져나간 것만 같았다. 곁에 선 여자가 "무슨 일이야?"라고 물었고, 그는 아무 일도 아니라며 먼저 가라고 했다.

"이 남자 오 년 전부터 오늘 아침까지 제 남자친구였어요."

주연은 차분하게 말했다. 물론 그 말에 진남은 평정심을 잃고 소리를 질렀지만. 주연은 그에게 복수를 하기 위해 그런 말을 한 건 아니었다. 이대로 그냥 넘어간다면 그가 동시에 두 명의 여자를 속이고 있었다는 사실을 그의 곁에 선 여자가 영원히 모를 수도 있다고 생각했기 때문이었다. 여자는 주연의 말을 믿지 못하는 눈치였다. 하지만 주연은 그녀가 믿든 믿지 않든 상관없었다. 자신이 할 도리는 다 했으니까.

"앞으로는 똑바로 살아."

주연은 진남에게 마지막 인사를 남기고 그대로 돌아서 오픈카에 몸을 실었다. 시동을 걸며 마지막으로 본 그의 얼굴은 어쩐지 자신의 기억 속 얼굴보다 더 못생겨 보였다. 겨우 저런 남자 때문에 그렇게 울었던 걸까. 백미러 속 그의 모습이 작아지다가 더는 보이지 않게 되었다. 주연의 마음속에 남아 있던 작은 미련도 그렇게 사라졌다.

미선관으로 돌아온 주연은 곧장 불가마로 갔다. 아침만큼 뜨겁지는 않았지만 여전히 불기운이 남아 있는 막에 들어가 거적 속에 몸을 작게 웅크렸다. 눈물은 한 방울도 흐르지 않았고, 다만 온몸이 푹 젖을 만큼 땀이 흘렀다. 막에서 나온 주연은 평상 위에 쓰러진 채 잠이 들었다. 악몽도, 길몽도, 가위눌림도 없는 편안한 잠이었다. 이런 잠이 얼마 만인지……. 잠에서 깨어났을 때는 그 어느 때보다 몸이 가벼웠다.

그때, 대장 언니가 초 하나가 켜진 케이크를 들고 왔다. 요즘 흔히 볼 수 있는 생크림 케이크와는 확연히 다르게 생긴 것이었다.

"어머 대장 언니, 그거! 옛날 케이크 아니에요? 누구 생일이에요?"

"아니, 축하 케이크."

얼음 언니가 묻자, 대장 언니가 케이크를 내려놓으며 대답했다.

"무슨 축하요?"

이번에는 이쁜 언니가 물었다.

"뿔 언니 이별 축하. 잘 헤어졌잖아. 이 좋은 나이에."

대장 언니의 대답에 얼음 언니도 맞장구쳤다.

"그러네. 골치 아픈 남자 곁에 있느니 혼자가 좋지. 근데 이런 케이크를 요즘에도 파나?"

"팔긴."

대장 언니가 이번에는 무심한 말투로 대답했다. 하지만 그 무심한 '팔긴'이라는 말의 이면에는 무한한 자부심이 숨겨져 있었다. 그건 바로 그 팔지 않는, 그래서 돈으로는 살 수 없는 케이크를 만든 이가 매우 특별한 사람이었기 때문이다.

"아, 미선관 비밀 셰프가 만든 거구나."

얼음 언니가 말했다.

"비밀 셰프요?"

주연은 처음 들어보는 이야기라 관심이 갔다.

"응. 미선관의 음식이 그분이 온 뒤로 확 달라졌거든. 호텔 레스토랑 저리 가라야. 근데 우리는 얼굴을 본 적이 없어."

얼음 언니가 신나서 말을 이어가는데, 대장 언니는 조용히 미소만 짓고 있었다. 그런 그녀의 뺨이 붉어져 있었다. 그녀는 사람들이 셰프에 대해 이야기할 때면 들뜬 기색을 숨기지 못했다.

"어떻게 그럴 수가 있어요?"

주연이 다시 물었고, 이번에는 이쁜 언니가 가르쳐주었다.

"그게, 미선관 3층에 있는 대장 언니 집에서 요리를 해서 덤웨이터로 내려보내거든."

대체 누가 이렇게 다양한 음식을 다 맛있게 만들어내는 걸까. 대장 언니의 숨겨둔 애인이 아닐까. 수군대는 사람들도 적지 않았다고 한다. 하지만 시간이 흐르면서 점차 누가 만든 것인지는 그들에게 중요하지 않게 되었다. 그저 이곳에서 최상의 음식을 맛볼 수 있다는 사실만이 중요해졌을 뿐.

"뿔 언니는 좋겠다. 이제 연애 실컷 할 수 있겠네."

이쁜 언니가 꿈을 꾸는 소녀의 얼굴로 말했다.

"모르겠어요. 더는 누구를 만나고 싶다는 생각이 안 들어요."

주연의 대답에 대장 언니가 단호하게 말했다.

"무슨 소리야? 사랑이 전부야. 내가 늙어 보니 그래. 결국 나머지는 다 사라지는 것들뿐이야."

주연은 대장 언니의 말이 조금도 와 닿지 않았다. 오 년간 자신이 할 수 있는 최선의 마음을 다해 진실하게 사랑한 결과가 고작 오늘이었다. 진남에 대한 미련이 남은 건 아니지만, 그에게 쏟았던 마음과 시간만큼은 아까웠다. 남들은 어떻게 그렇게 잘 사랑하고 사랑받으며 결혼을 해서 평생 함께하는 건지 알 수가 없었다. 그녀에게 사랑은 어쩐지 샤넬 백 같았다. 남이 들고 있을 땐 예쁘고 좋아 보이지만, 부럽다고 사기엔 너무 비싼 가방. 영원히 나의 것은 될 수 없을, 어디까지나 남의 가방, 남의 것, 남의 인생.

주연은 대장 언니가 접시에 담아준 케이크를 한 스푼 가득 떠서 입안에 넣었다. 달콤하고 부드러우면서도 꾸덕한 버터크림이 오래 머물렀다. 입안에서 금세 사라져버리는 생크림과는 완전히 달랐다. 느끼하지 않으면서도 부드러운, 밸런스가 완벽하게 맞는 크림이 혀끝을 포옹하듯 따뜻하게 감쌌다.

정말 이상적인 사랑, 그러니까 자신은 한 번도 해보지 못한 그런 사랑에 맛이 있다면 바로 이 맛이 아닐까. 끝이 나도 여운이 길게 남아 사라지지 않는. 주연은 어쩌면 자신은 평생 이 케이크 같은 사랑은 못 해볼지도 모르겠다고, 어쩌면 누군가 다시 자신을 사랑하는 일 같은 건 일어나지 않을 거라고, 그렇게 생각했다.

하루에 두 번 마음에 물을 주는 시간

세상 사람들은 두 부류로 나뉜다. 자신의 이름을 사랑하는 사람과 그렇지 않은 사람. 주연은 의심의 여지없이 후자였다. '주연'이라는 이름은 주인공이 되라고 부모님이 지어주신 이름이지만, 세상에서 가장 흔한 이름이기도 했다. 흔한 주인공이라는 게 과연 있기나 할까? 주인공은 한 사람이다. 그만큼 특별하고 희소한 것이 주인공의 조건이다. 주연은 흔한 이름처럼 어느 것 하나 주인공다운 점이 없었다. 적어도 자기 자신만큼은 그렇다고 굳게 믿고 있었다. 그렇기에 주인공이라는 뜻을 가진 자신의 이름이 꼭 잘못 끼워진 인생의 첫 단추 같았다.

"안주연 씨."

면접관이 자신의 이름을 불렀을 때, 주연은 다시 한번 시작부터 꼬여버린 운명을 생각했다. 그가 본격적인 질문을 던지기도 전에 인상을 쓰며 주연의 이력서를 보고 있었기 때문이다.

"우리 안주연 씨는 스물아홉 살이면, 어후……. 나이가 정말 많네요."

면접관은 주연의 이름을 재차 입에 올리며 말했다.

"아, 네. 어리지는 않은 것 같습니다."

주연은 그 말을 긍정하는 것 외에 달리 할 말이 없었다.

"어리지 않은 게 아니라 많죠. 그것도 아주. 근데 또 보면 계약직 근무나 인턴 근무를 제외하면 경력도 딱히 없고, 그죠?"

"네, 그렇습니다."

이번 역시 수긍 외에는 다른 선택지가 없었다. 나이가 많은 것도 변변한 경력이 없는 것도 모두 사실이었으니까.

"어쩌다 이렇게 된 거예요?"

이제야 자신의 상황을 변호할 기회가 왔다. 하지만 정말로 어쩌다 이렇게 된 것일까? 스물아홉 살이 되도록 여전히 실직 상태인 결정적인 이유는 취업 준비를 스물여섯 살이라는 늦은 나이에 시작했기 때문이다. 그 전에는 뭘 했냐고? 글을 썼다. 주연의 전공은 문예창작이었다. 마음만 먹으면 교대도 갈 수 있는 성적이었는데 작가가 되겠다는 꿈을 꾸며 문창과에 갔다. 여자 직업으로 선생님보다 좋은 것은 없다든지, 아이들을 가르치면서도 얼마든지 글은 쓸 수 있다든지 하는 주변 어른들의 충고가 그때는 들리지 않았다. 그때만 해도 할 수 있을 것 같았다. 하지만 작가가 된다는 건 말처럼 쉬운 일이 아니었다. 신춘문예의 경쟁률은 수백, 수천 대 일이었다. 수많은 작품들 중에서 단 한 작품만 선택을 받는다. 불행히도 그건 늘 자신이 아닌 다른 사람이었다. '주연'이라는 이름은 역시 잘못 지어졌다. 자신은 늘 조연이었을 뿐이다. 그렇게 몇 개의 회사에서 계약직으로 일을 했다. 그러니 지금까지 이러고 있는 건 꿈을 꾸었기 때문일까? 아니면 그 꿈을 끝까지 꾸지 않았기 때문일까?

"제가 스물아홉 살이 되도록 취준생인 건……" 설명 혹은 변명을 해야 했다. 그런데 그 순간 그녀의 마음속에 '대체 왜?'라는 물음표가 떠올랐다. "그러니까 이 나이가 되도록 정규직 직원이 아닌 건 제 선택의 결과라고 생각합니다."

잘못한 건 없다. 지금껏 잘못 살아온 것도 아니다. 단 한 번도 진실하지 않은 적은 없었다. 최선을 다하지 않은 적 또한 단 한 번도 없었다.

"그러니까, 본인이 원해서 서른이 다 되도록 구직 중이라는 말인가요?"

면접관은 어이가 없다는 표정이었다.

"네, 맞습니다. 하지만 조금 더 정확히 말하자면 서른이 다 되도록 취준생이기를 원했던 건 아니구요. 제가 살아가는 순간순간 가장 원하는 걸 선택했고, 그 결과 지금에 이른 것 같습니다. 저는 어렸을 때 글 쓰는 게 좋아서 문창과 입학이라는 선택을 했고 덕분에 원 없이 글을 썼습니다. 결국 작가가 되지는 못했지만 덕분에 지금은 평균 이상의 문장력과 표현력을 갖추게 되었습니다. 그런 제 능력이 이 회사에 꼭 필요할 것이라고 생각합니다. 그러니 실패 자체보다는 실패의 과정에서 제가 성취한 것들을 봐주시면 감사하겠습니다."

그리고 몇 가지 질문이 더 이어졌다. 주연은 이 면접을 위해 준비한 시간만큼 충실하게 답하려고 애썼지만 말이 자꾸 꼬였다. 그럴 때마다 나이를 지적한 면접관은 '역시 그 나이에 그러고 있는 데는 다 이유가 있지'라고 말하는 것만 같은 표정을 짓고 있었다.

면접을 마치고 나와 빌딩 출입구의 회전문이 반쯤 돌았을 때에야 주연은 깨달았다. 저녁때가 다 되도록 먹은 게 하나도 없다는 걸. 위장의 울부짖음을 들으며 주연은 회전문에서 얌체공처럼 튕겨져 나왔다.

코너를 돌자 번화가였다. 주연은 먹자골목의 인파 속으로 빨려 들어갔다. 길 양쪽의 노점에서 파는 매운 어묵의 자극적인 냄새가 코를 덮치는 것을 시작으로, 각종 음식의 유혹이 시작되었다. 배는 아플 정도로 고팠는데 뭘 먹어야 할지 알 수 없었다. 마치 음식의 미로에 갇힌 것처럼. 먹자골목 한가운데에 선 주연은 면접관이라도 된 듯 눈앞의 음식점들을 유심히 살펴보았다. 선택받기 위해 애쓰는 것도 힘든 일이었지만, 선택하는 것 역시 쉬운 일은 아니었다. 그러다 '치즈버거 세트 기간 한정 반값 할인'이라는 안내 문구가 눈에 들어왔다. 수제 햄버거 가게였다. 주연은 곧장 그 안으로 들어갔다. 키오스크로 주문을 하기 위해 줄을 섰고, 차례가 왔을 때 반값이라는 치즈버거 세트를 선택했다. 그런데 결제를 진행하려고 하니 반값이 아닌 제값이 표시되는 게 아닌가. 이유를 묻고 싶어도 직원은 홀에 없었고, 주방은 햄버거 패티를 굽느라 정신이 없어 보였다. 주연은 몇 개의 버튼을 더 눌러보았다. 하지만 등 뒤에서 욕설이 들려오기 시작했을 때에는 더 어쩌지 못하고 밖으로 도망치듯 뛰쳐나갔다.

사람들로 가득한 거리, 그중 대부분은 솜털이 보송보송한 10대에서 20대 초반의 학생들이었다. 그리 먼 과거도 아닌데 왜 이렇게 멀게만 느껴지는 걸까. 웃고 떠드는 학생들 사이를 걸으면서도 책을 읽는 아이가 한 명 있었다. 그건 다름 아닌 그맘때의 주연 자신이었다. 아, 그랬었지. 다른 게 없어도 읽을 책과 노트 한 권, 연필 한 자루면 더 바랄 게 없던 시절. 그 시절의 자신은 어느새 인파 속으로 사라지고 더는 보이지 않았다. 주연의 눈에 눈물이 고였다. 마주 오는 학생들은 울고 있는 스물아홉 살 백수를 보며 수군거렸다. '우리는 나중에 저렇게 되지 말자', '저 언니 진짜 불쌍하다. 돈도 없어 보여'라고 말하고 있는 것만 같았다. 주연은 창피해서 고개를 숙이면서도 풋풋한 그 모습들이 부러워서 자꾸만 흘끔거렸다. 다시 저 나이로 돌아갈 수만 있다면! 하지만 그런 판타지 영화 같은 일은 일어나지 않을 것이다. 이건 어디까지나 현실이니까.

"뿔 언니 오늘 면접이랬지?"

뿔 언니. 주연은 이제 자신의 이름보다 뿔 언니로 불리는 게 더 마음이 편했다. 뿔 언니라는 호칭에는 어떤 특별한 기대도, 의미도 들어 있지 않아 한없이 가볍게 느껴졌다.

"면접은 잘 봤어?"

"아뇨. 망쳤어요."

"왜? 준비 많이 했잖아."

"제 나이가 너무 많다고. 그 나이 먹도록 대체 뭐 했냐고 하던데요."

"아니, 어디서 앞길이 창창한 젊은이를 늙은이 취급이야? 이것들이 진짜 늙은이를 못 봤나?"

카운터 언니는 자기가 욕이라도 먹은 것처럼 화를 냈다. 주연은 입으로는 "다 제가 못난 탓이죠."라고 말하면서도 속으로는 이제야 집에 온 것 같았다. 나를 위해 나보다 더 화를 내

74

주는 어른이 있다는 게 새삼 고마웠다. 주연은 빨리 막을 하고 싶은 마음에 대욕장에서 간단히 샤워만 하고 불가마로 갔다. 처음에는 문을 열고 가마 안으로 들어가는 것도 힘들었는데 이제는 마음이 울적할 때면 불가마 생각부터 났다. 슬프거나 힘들 때, 외롭거나 우울할 때면 어깨를 움츠리고 우는 것보다는 땀을 흘리고 싶었다. 서둘러 불가마로 갔는데 대장 언니가 불가마 문을 닫고 있었다. 출입문 바깥쪽에 두꺼운 나무 판자를 겹쳐 세워 이중으로 막아놓는 중이었다.

"뭐 하시는 거예요?"

주연의 목소리에 대장 언니는 뒤를 돌아보았다. 그리고 이내 웃음을 터뜨렸다. 뿔 모양으로 머리를 말아 올린 귀여운 얼굴이 거의 울기 직전이었기 때문이다.

"막 문 닫는 시간이잖아."

"아, 그렇구나. 난 또……."

"왜? 영 닫았을까 봐?"

"혹시라도 무슨 일 있나 했죠. 수리를 해야 한다든지."

"일곱 시잖아."

불가마에는 하루에 두 번, 물을 주는 시간이 정해져 있다. 미선관은 오후 1시, 저녁 7시에 한 시간씩 막 문을 닫았다. 거적이 흠뻑 젖을 만큼 막 바닥에 물을 뿌린 뒤 문을 닫아놓는 식이었다.

"벌써 일곱 시구나. 시간이 이렇게 흘렀는지 몰랐어요. 근데 전부터 궁금했는데 막에 왜 물을 뿌리는 거예요?"

"살아나라고."

"근데 식은 막을 더 뜨겁게 만들어야 하는 건데 왜 찬물을 뿌려요? 그럼 더 식는 거 아니에요?"

"그러게. 참 이상하지? 물을, 그것도 차가운 물을 뿌렸는데 막은 왜 더 뜨거워질까? 나도 처음에는 이해가 잘 안 갔거든. 근데 이해가 안 갈 때는 뭐든 해보면 알게 돼. 손님들이 많이 드나들면 막은 더 빨리 식거든. 그런 날에도 물을 흠뻑 뿌려서 문을 닫아두면 언제 그랬냐는 듯이 식었던 막이 다시 살아나. 남아 있던 열기가 거적의 물을 증발시켜서 가마 전체가 새롭게 열기와 습기를 머금게 되는 거지."

주연은 요즘 자신이 꼭 저녁 7시의 막이 되어버린 것 같았다. 불을 땐 지 열두 시간도 더 넘게 지나버렸고, 너무 많은 사람들이 드나들며 그나마 있던 열기도 빼앗겨버린 막. 지금껏 살아오면서 단 한순간이라도 노력을 게을리한 적이 있었던가. 없었다. 노력이라면 남부럽지 않게 했다. 취업을 해야겠다고 결심한 이후로 남들보다 뒤처진 시간을 따라잡으려고 새벽부터 일어났다. 토익 교재의 왕기초편부터 실전편까지 외우다시피 해서 600점대였던 토익 점수를 일 년 만에 900점대로 올렸다. 자격증이 있으면 가산점이 있다고 해서 워드 1급,

컴활 2급, 전산회계 2급까지 땄다. 남들이 보기에는 그리 대단해 보이지 않는, 어쩌면 취업을 위한 기본 자격 정도를 갖춘 것인지도 모른다. 하지만 주연은 그 기본 자격을 갖추기 위해 밥 먹는 시간, 잠자는 시간까지 아껴야 했다. 알아주는 사람이 있는 것도 아니었다. 남자친구였던 진남은 주연이 토익 점수를 600점대에서 700점대로 100점이나 올려도 '아직 900점까지는 200점이나 남았네?'라고 말하는 성격이었다. 엄마, 아빠는 자신들에게 닥친 삶의 걱정들을 해결하느라 자식이 있다는 사실조차 잊고 사는 듯했다.

"왜, 사람도 그렇잖아. 가끔씩 너무 애만 쓰면 힘들기만 하고 더 잘 안 되잖아. 그러니까 물을 줘야 돼. 막도 사람도." 대장 언니가 말을 이어갔다. "아주 흠뻑 젖을 정도로. 살아 있는 것들은 뭐가 됐든 물기를 잃으면 죽는 거거든."

막은 살아 있다. 그래서 쉬게 해줘야 하고, 마르지 않게 물도 줘야 한다. 숨을 쉬고 있으니까. 나 역시 그렇다. 마찬가지로 살아 있고, 마음에 물을 주는 시간 또한 필요하다. 주연은 그대로 평상에 누우며 다짐했다. 오늘 하루만큼은 어떤 고민도 드나들지 못하게 마음의 문을 닫고 물을 줘야겠다고. 해가 져서 남색으로 물든 하늘로 까마귀 떼가 날아갔다. 눈을 감으니 산바람이 코끝을 스쳤다. 그때, 밥 짓는 냄새가 바람에 실려 왔다. 쌀이 익어가는 냄새가 어찌나 달큰하고 구수한지 더 누워 있을 수 없을 정도였다. 주연은 곧장 식당으로 가서 가장 빨리 되는 메뉴로 아무거나 달라고 주문했다. 십 분이 채 지나지 않아 주연의 앞에 오늘의 저녁이 차려졌다.

"어떻게 이걸⋯⋯."

주연은 쉽사리 수저를 들지 못하고 상 위에 차려진 음식을 멍하니 내려다보았다. 그건 살면서 딱 한 번, 그것도 아주 오래전에 먹어본 음식이었다. 그 후로는 구경조차 해본 적이 없었다. 한 숟갈 떠서 맛을 보니 오래전 그 맛이었다. 기억 속에만 머물러 있던 그 맛이 혀끝에 닿자 오랫동안 마음 깊은 곳에 묻어두었던 일들이 눈앞에 생생하게 되살아나는 것만 같았다.

십오 년 전 그날 주연은 공원 벤치에 고개를 푹 숙인 채 앉아 있었다. 다리에 난 생채기 위로 눈물이 떨어지자 더욱 쓰라렸다. 주연은 그날 자신에게 생긴 일을 이해해보기 위해 최근 한 달가량 있었던 일들을 되짚어보고 있었다. 무슨 이유로 지난달까지만 해도 잘 지내던 친구들이 자신과 말을 하지 않게 된 것인지. 내가 무슨 말실수라도 했던 걸까. 대체 왜 친구들과 멀어졌고, 그중 몇 명은 어째서 오늘 나의 몸에 이런 상처를 만든 걸까. 자신을 둘러싼 아이들의 입에서 나왔던 잔인한 말들을 하나하나 되새겨보았다. 단서를 찾기 위해 애쓰는 탐정처럼.

"야, 너 여기서 뭐 하나?"

그때 낯익은, 그리고 조금 짜증 나는 목소리가 들려왔다. 도서반의 그 애였다. 그냥 좀 지나가라. 속으로 이렇게 말하며 주연은 고개를 돌렸다.

"뭐야? 여기서 뭐 하나니까?"

그 애는 주연이 얼굴을 돌린 방향으로 가서 다시 물었다. 상처 가득한 주연의 얼굴을 들여다보기까지 하며.

"남이사 뭘 하든 네가 무슨 상관인데? 그냥 가던 길 가."

주연의 날 선 말에 그 애는 한쪽 눈썹을 까딱 치켜올려 보였다. 그 애는 도서 부원으로 도서관에서 사서 교사를 도와 대출 반납 업무를 도왔는데, 무슨 이유에서인지 여학생들 사이에서 꽤 인기가 있었다. 주연의 눈에는 비쩍 말랐다는 점 외에는 특별할 것 없어 보였지만. 그 애와 주연 사이에는 몇 차례 사사로운 시비가 있었다. 주연이 같은 책을 반복해서 빌리는 것을 그 애가 문제 삼았기 때문이다. 하지만 주연은 동의할 수 없었다. 자신이 빌리려는 책을 다른 학생이 예약한 것도 아니었기 때문이다.

"대체 왜 안 된다는 건데? 사서 선생님도 이런 적은 없어."

주연의 말에 그 애는 고개를 삐딱하게 꺾으며 특유의 중얼거리는 듯한 말투로 내뱉었다.

"이기적이잖아."

"뭐가 이기적인데?"

"그걸 몰라서 물어?"

"응, 몰라. 예약자가 있는 것도 아닌데 왜 이기적이야?"

"도서관이 너희 집 서재야?"

"물론 아니지."

"그러니까 한 권을 반복해서 빌려서 마치 자기 책처럼 소유하다시피 하면서 읽는 건 이기적인 짓이야. 예약자가 있든 없든."

주연이 그렇게 빌린 책은 『어린 왕자』였다. 주연은 그 책을 이미 외울 정도로 많이 읽었지만, 읽고 또 읽고 싶었다. 책을 사면 간단히 해결될 일이었지만 그때는 그 책 한 권을 사는 것도 어려울 정도로 형편이 좋지 않았다. 결국 두 사람 사이의 분쟁에서 조금 더 고집이 센 주연이 이겼다. 주연을 막을 만한 규정이 어디에도 없었기 때문이다. 그러던 어느 날 주연이 한 번 더 『어린 왕자』를 빌리려는데 예약자가 있었다. 그건 다름 아닌 그 애였다.

"너 진짜 치사하다."

주연이 그렇게 쏘아붙여도 그 애는 눈 하나 깜빡하지 않았다. 그런데 교실로 돌아오니 주연의 책상에 『어린 왕자』가 놓여 있었다. 주연은 누가 그런 건지 묻지 않아도 알 것 같았다.

"야, 너 이거 뭐야?"

도서관으로 돌아온 주연은 책을 던지다시피 그 애의 앞에 내려놓으며 말했다.

"뭐가 뭐야? 너는 눈이 없어?"

그 애는 바지 주머니에 손을 꽂은 채로 말했다.

"그러니까 이걸 나한테 왜 준 거냐고?"

"네가 자꾸 다른 애들한테 피해를 주니까."

"앞으로 안 빌릴게. 이제 속이 시원하지?"

주연은 그렇게 말하고는 도서관을 나와버렸다. 이유는 모르겠지만 눈물이 났다. 졌다는 게 분한 건지 아니면 책 한 권 살 돈이 없는 형편이 서러운 건지. 바로 그걸 세상에서 가장 들키기 싫은 사람에게 들켜버린 것만 같아서 자존심이 상한 건지. 그런데 지금, 또 하필 그 애였다. 왜 하필 지금, 왜 또 도서반 그 자식이란 말인가. 할 수만 있다면 당장 일어나 도망이라도 치고 싶었다.

"얼굴에 상처는 또 뭐야? 너 어디서 싸우고 다니냐?"

주연은 대답 대신 이렇게 되물었다.

"너 혹시 부자야?"

"뭐야? 묻는 말에 대답은 안 하고 갑자기 웬 부자타령?"

"됐어. 그냥 서로 대답하지 말자."

주연이 자리에서 일어서는데 그 애가 물었다.

"얼마 있으면 부잔데?"

주연이 대답했다.

"택시비?"

그 애는 목적지가 어딘지도 묻지 않고 택시를 잡았다. 어디로 가느냐는 기사의 질문에는 "얘가 알아요."라며 주연을 턱으로 가리켰다. 주연은 바다로 가달라고 했고 두 시간쯤 지났을 때 두 사람의 눈동자에는 바다가 가득했다. 둘은 해질녘까지 모래사장에 앉아만 있었다. 모래사장 위에 엎드려 있는 갈매기들도 있었고, 바닷물과 모래사장이 만나는 물결 끝에 앉아 파도를 타는 갈매기들도 있었다.

"갈매기들은 왜 저러고 있을까?"

"파도 타는 게 재밌나 보지."

"안 질리나?"

"책 한 권만 죽어라 파는 누구 같은 성격인가 보지. 근데 진짜 궁금해서 그러는데, 안 지겨워?"

그 질문에 대한 답은 고민할 것도 없었다.

"전혀."

"이미 다 알 거 아냐? 뒤에 무슨 얘기가 나올지."

"그래서 더 좋아. 무슨 얘기가 나올지 조마조마해하며 읽을 필요가 없잖아."

"전개를 궁금해하는 게 책 읽는 이유 아냐?"

"같은 책을 반복해서 읽잖아? 그럼 그 안에 살고 있는 것 같거든. 『어린 왕자』를 수백 번 읽으면 더는 그 이야기가 다른 누군가가 지어낸 소설이 아니라 그냥 내 이야기 같아."

주연은 할 수만 있다면 인생 역시 그랬으면 좋겠다는 생각을 종종 하곤 했다. 좋았던 순간을 또 경험한다고 해서 지겨워질 리는 없지 않을까. 가장 좋았던 페이지를 펼쳐서 백 번이고 반복해서 읽는 것처럼, 인생의 가장 좋았던 부분을 계속해서 다시 살 수만 있다면 얼마나 좋을까. 파도가 밀려왔다가 밀려가는 순간, 바닥에 죽은 갈매기가 몸을 드러냈다. 두 사람 다 그걸 보았지만 한 사람은 고개를 돌렸고 다른 한 사람은 가까이 가서 들여다보았다.

"야, 뭐 해?"

쪼그리고 앉아 죽은 갈매기를 들여다보는 주연의 눈에는 눈물이 고여 있었다. 열넷의 주연은 갈매기를 양손으로 조심스레 들어 올렸다. 도서반 그 애는 무섭지도 않느냐며 툴툴거렸다. 하지만 주연은 조금도 무섭지 않았다. 꼭 그 갈매기가 자기 자신 같았다. 나 역시 언젠가 죽었던 건 아닐까. 죽어서 바닷가에 버려져 있었던 건 아닐까. 주연은 이미 굳어서 딱딱해진 작은 몸을 멀지 않은 곳에 있는 소나무 아래 묻어주었다.

"맛있는 거 먹으러 가자."

그 애가 주연의 기분 같은 건 상관없다는 듯 무심히 말했다.

"넌 지금 이 상황에서 밥 생각이 나냐?"

"웅. 나는 늘 밥 생각밖에 안 해."

"뭐야? 비쩍 말라가지고."

그렇게 그 애를 따라간 곳에서 주연은 난생처음으로 바로 그 음식을 만났다.

"게국지? 그게 뭐야?"

"네가 먹어봤을 리가 없지."

"왜 그렇게 단정 짓는데?"

주연이 발끈하자 그는 느긋하게 대답했다.

"먹어봤다면 밥 생각이 없다는 이야기는 안 했을 테니까. 아무리 슬픈 사람이라고 해도 게국지 앞에서는 숟가락을 들 거야."

"허풍은……."

주연은 그렇게 말했지만, 정말로 게국지가 자신의 눈앞에 놓였을 때는 자신도 어쩌지 못하고 숟가락을 들 수밖에 없었다. 따뜻하고 얼큰한 국물을 한입 떠먹자 눈물이 났다.

"왜 눈물이 나지? 바보처럼."

주연은 민망해서 고개를 푹 숙였다.

"원래 너무 맛있으면 눈물도 나고 그러는 거야."

그 애는 화장실을 가겠다며 일어났다. 주연은 그 애가 자리를 비워준 덕분에 더 나올 눈물이 없을 때까지 울었다. 슬픔이 사라진 자리에 따뜻한 음식이 채워졌다. 때로는 맛있는 음식이 백 마디 말보다 더 큰 위로가 될 수도 있다는 사실을 처음으로 깨닫는 순간이기도 했다. 바다를 한 국자 떠 넣은 듯한 그 게국지의 맛은 십 년이 넘게 지난 지금도 잊히지 않고 가끔씩 생각나곤 했다.

바로 그 게국지가 지금 눈앞에 있었다. 한 숟갈 맛을 보니 기억 속 바로 그 맛이었다. 아니, 그보다 더 깔끔하고 선명했다. 꽃게에서 우러나온 감칠맛과 잘 익은 김치의 시원하고 매콤한 맛이 어우러져 입안에 착 감겼다. 아까 번화가에서는 학생들을 보며 다시는 그 시절로 돌아갈 수 없다는 생각에 눈물까지 났다. 하지만 게국지 한입이 그 시절로 자신을 데려다준 것이다. 주연은 얼굴조차 모르는 셰프에게 새삼 고마웠다. 노란 알이 꽉 차다 못해 둥근 덮개 밖으로 밀려나온 암게가 뚝배기 한가운데에 놓여 있었다. 숟가락으로 알을 푹 떠서 입안에 넣으니 폭신하면서도 부드러운 감촉이 일품이었다. 눈을 감고 맛을 음미했다. 오늘 면접에서 느꼈던 서글픔이 파도에 떠밀려 부서지는 것만 같았다. 그깟 나이가 무슨 대수라고. 게국지가 담긴 뚝배기가 비어갈수록 주연의 가슴속은 삶을 향한 용기로 채워졌다. 할 수 있다는 생각, 아니 단순히 할 수 있는 정도가 아니라 잘할 수 있다는, 아니 잘할 거라는 믿음이 생겨났다.

식사를 마치고 주연은 캐비닛으로 갔다. 가방 속에 노트, 연필과 함께 늘 가지고 다니는 '그것'을 펼쳐보고 싶어졌기 때문이다. '그것'은 바로 도서반 그 애가 준 쪽지였다. 전학을 갔던가, 아니면 유학을 갔던가? 아무튼 떠나던 날 주연의 책상 위에 두고 간 것이었다. 지난번에 그녀가 돌려주었던 『어린 왕자』와 함께. 주연은 그 쪽지를 받은 날부터 지금까지 원하면 언제든 펼쳐볼 수 있도록 늘 가지고 다녔다. 자주 펼쳐본 건 아니지만 그저 펼쳐볼 수 있다는 사실만으로도 안심이 되었고 어느 순간부터 부적처럼 느껴지기도 했다. 쪽지에는 다음과 같은 문장이 도서반 학생다운 반듯한 필체로 쓰여 있었다.

'집이든 별이든 사막이든, 그걸 아름답게 하는 건 눈에 보이지 않아.'

주연 역시 좋아하는 『어린 왕자』 속 한 구절이었다. 『어린 왕자』만 읽는다고 시비를 걸어놓고는 결국 그 책을 인용한 것이다.

'그러니까 초라하게 느껴지는 날에도 네가 얼마나 아름다운지 잊지 말길.'

사실 주연이 이 쪽지를 사랑하는 진짜 이유는 『어린 왕자』의 구절 뒤에 이어지는 바로 이 문장 때문이었다. 자존감이 떨어져서 자기 자신이 싫어질 때면 약을 먹듯 이 문장을 꺼내 읽었다. 그러면 거울 속 자신의 얼굴이 조금은 덜 미워 보였다. 그러니까, 그 쪽지는 주연의 마음이 어찌할 수 없을 정도로 식어버리고 건조해졌을 때 주는 물 같은 것이었다. 막 문을 닫고 물을 흠뻑 주면 막이 다시 뜨겁게 살아나는 것처럼 주연 역시 그 쪽지를 읽으면 다시 살아갈 힘이 났던 것이다. 이제는 이름도 얼굴도 기억에서 지워지고, '도서반 그 애'라는 막연하기 이를 데 없는 호칭으로만 떠올랐지만 그 애에게 새삼 고마웠다.

"막 문 엽니다!"

카운터 언니의 목소리가 들려왔다.

8시, 한 시간 동안 굳게 닫혀 있던 막 문이 손님들을 향해 활짝 열렸다. 닫혀 있던 시간 동안, 식었던 막은 마치 불을 다시 때기라도 한 듯 뜨겁게 달아올라 있었다. 불을 땐 지 열두 시간이나 지났다는 게 믿기지 않을 정도로 막 안은 뜨겁고 촉촉했다. 손님들은 감탄했다. 주연 역시 그들 사이에 앉아 몸과 마음에 물을 주듯 그렇게 좋은 땀을 흘렸다. 막을 덥힌 게 불이 아니라 물이라는 사실이 새삼 신비롭게 다가왔다. 그리고 가운이 흠뻑 젖을 만큼 땀을 흘렸을 때쯤에는 낮에 보았던 면접 같은 건 아무래도 상관없다는 생각마저 들었다. 눈을 감자 막 안을 가득 채운 손님들의 숨소리가 들려왔다. 살아 있는 사람들이 내쉬고 들이쉬는 숨소리가 오래전 그날, 그 아이와 함께 들었던 파도 소리를 닮아 있었다.

한여름의 불가마

봄이 가고 여름이 찾아왔다. 불가마를 처음 접했던 봄은 분명 매우 뜨거웠지만, 가만히 서 있기만 해도 땀이 흐르는 여름에 비할 바는 아니었다. 주연은 2차 면접까지 통과했던 회사의 마지막 관문인 임원 면접에서 떨어졌다. 최종 탈락한 뒤, 그 회사에 근무하는 대학 선배를 통해 전해들은 바로는 대표가 이번에는 남자 직원을 뽑고 싶어 했다고 했다. 다만 약간 의외였던 건 실무진 면접에서 주연에게 나이가 많다면서 무안을 주었던 면접관이 가장 높은 점수를 줬다는 사실이었다. 그는 홍보부장으로, 알고 보니 오랫동안 행시 준비를 하는 바람에 서른이 훌쩍 넘은 나이에 입사를 했다고 했다. 그래서 입사한 뒤에도 자리 잡기가 힘들어서 마음고생이 심했다는 것이다. 동기들은 열 살이나 어리고, 직속상관도 자신보다 더 어린 사람이 많았기에 마음 기댈 곳이 없었으리라. 게다가 똑같은 잘못을 해도 그 나이에 그것밖에 못 하냐고 욕을 먹었을 것이다. 남들보다 조금 더 잘한다고 해서 특별히 좋은 평가를 받지도 못했을 것이다. 그는 주연이 입사하게 되면 얼마나 고생할지 누구보다 잘 알고 있었던 것이다.

"부장님이 너보고 힘내라고 전해달래. 나이가 좀 있어도 그걸 상쇄할 만한 경쟁력이 있으면 된다고. 그걸 네 입으로 말할 수 있으면 우리 회사보다 더 좋은 회사도 들어갈 수 있을 거라더라."

여름이 오기까지 주연은 꽤 많은 땀을 흘렸다. 땀을 흘리고 말리고 또 흘리면서 몸과 함께 마음까지 단단해져갔다. 거기에 더해 한 가지 특별한 변화가 있었으니, 그건 바로 미선관에 주연의 '자리'가 생겼다는 것이다. 미선관 입구에서 대욕장으로 가는 길에는 옷과 장신구를 파는 액세서리 숍이 있었는데, 그 맞은편에는 작은 원형 탁자와 의자가 놓여 있었다. 그곳은 오가는 손님들이 가끔 목욕 바구니를 두는 장소로 쓸 때를 제외하고는 주로 비어 있었는데, 대장 언니의 배려로 주연의 지정석이 되었다.

내 자리가 있다는 것. 그건 아주 특별한 일이었다. 어린 시절에도 내 방을 가져본 적이 없는 데다가 지금 사는 집도 원

룸이었는데, 미선관이라는 크고 근사한 공간에 자신만의 자리가 생기자 주연은 그곳에 더 오래 머물고 싶어졌다. 집에 가 있어도 그 자리가 그리울 정도였다. 그곳에서 주연은 처음에는 구직 활동만을 했지만, 어느덧 독서를 하거나 이것저것 떠오르는 것들을 메모하기 시작했다. 처음에는 짧은 글들을 쓰는 수준이었지만 조금씩 쓰는 것에 익숙해지면서 글은 길어지고 어느 정도 형태를 갖추어갔다. 그런 글들이 차곡차곡 쌓여가던 어느 날 문득 고등학교 때 만들었다가 방치하고 있는 블로그가 생각났다. 블로그 이름은 '존재하지 않는 세상의 주인공입니다만'이었다. 거기엔 몇 줄만 읽어도 얼굴이 화끈거릴 정도로 유치한 사춘기 감성의 글이 몇 개 올라와 있었는데, 막상 지우자니 그 시절의 무언가가 사라지는 것만 같아서 그러지도 못했다. 다만 불특정 다수가 읽는 건 싫어서 비공개 처리를 해두었다. 바로 그곳에 주연은 다시 글을 올리기 시작했다. 다행인지 불행인지 읽는 사람이 몇 안 돼서 오히려 마음은 편했다. 그러다 한두 명의 이웃이 생겨났고 그들이 "멋집니다. 공감이 되네요." 같은 댓글을 달아주면 부끄러우면서도 싫지 않았다. 대단한 호응은 아니었지만 그 짧은 말들이 자신과 세상을 묶어주는 끈처럼 여겨졌던 것이다. 그렇게 그 자리에서 글을 쓰는 게 주연에게는 삶의 행복이 되었다. 그곳에서 글을 쓰면 다른 곳에서 쓸 때에 비해 글쓰기에 대한 부담이 한결 줄어들었다. 막에서 땀을 흘리고 난 뒤 열기를 식힐 때 잠시 하는 소일거리 같았기 때문이다.

그리고 미선관 언니들과도 생각보다 더 가까워졌다. '언니'라고 부르면 진짜 언니가 되는 마법이라도 있는 걸까. 아니면 함께 땀을 흘리기 때문일까. 말하자면 다른 누구에게도 보여주지 않는 벌거벗은 몸과 마음을 이곳에서만큼은 남김없이 드러내기 때문일까. 주연은 지금껏 어느 누구와도 그래본 적이 없을 만큼 빠르게 그녀들과 가까워졌다. 지금 주연이 몰고 있는 차는 얼음 언니의 것이었고, 뒷좌석에 놓인 플라스틱 바구니 속 목욕 용품의 반 이상은 이쁜 언니가 준 것이었다. 주연은 타인의 호의로 자신의 바구니가 가득 차는 상황 같은 건 꿈에서도 상상해본 적이 없었다. 누군가 친절을 베풀어도 '무슨 이유가 있겠지'라고만 생각했던 것이다. 누군가 음료를 줬는데, 그 속에 수면제가 들어 있어서 깨어나 보니 장기 하나가 없어졌다는 식의 인터넷을 떠도는 도시괴담에 자기도 모르는 새에 젖어 있었던 탓도 있었다. 타인이란 그저 이해할 수 없는 위험한 존재라고 경계했었고, 신세를 지면 두 배로 갚아야 한다는 부담으로 자신의 주변에 보이지 않지만 분명히 존재하는 담장을 쌓았다. 그런데 지금은 어떤가? 얼음 언니의 최고급 오픈카가 꼭 자기 차처럼 익숙했다. 놀러 갈 때 끌고 다녀도 좋다고 얼음 언니는 흔쾌히 허락해주었지만 그러지는 못

했다. 어쩐지 죄를 짓는 기분이 들 만큼 비싼 차이기도 했고, 그걸 끌고 나가서 마치 돈이 많은 사람처럼 보이는 것도 꺼림칙했다. 누군가를 의도적으로 속이려는 의도는 없었다고 해도 결국 속이게 될 수도 있는 거니까. 진남과의 이별 과정에서 하필 이 차를 끌고 나간 것도 생각할수록 마음에 걸렸다. 이제와 해명을 하는 것도 의미 없고 우습기만 한 상황이라 그만뒀지만. 이 차는 얼음 언니가 맥주 한잔 시원하게 마신 날 집으로 데려다주고 자신의 집으로 가지고 왔다가 다시 불가마로 끌고 가는 게 전부였다. 그리고 지금처럼 얼음 언니의 집으로 갈 때 또한.

얼음 언니의 집은 성북동에 있었지만, 인근 고급주택들과는 달리 낡고 붉은 벽돌집이었다. 집 안도 특별히 인테리어랄 것도 없이 아주 오래전에 만든 주택들에서 볼 수 있는 반들거리는 나무 벽과 나무 천장이었다. 짙은 고동색의 가죽소파는 낡아서 주름이 지고 처져 있었고, 텔레비전 장식장도 주연이 어렸을 적 외할머니네 집에서 보았던 것과 똑같은 자개장이었다.

"이러고 살어. 볼 것도 없지?" 그녀는 집에서도 미선관에서와 마찬가지로 각 얼음을 씹으며 말했다. "뭣부터 말해야 하나. 에에…… 으음…… 그러니까……. 나는 뭐니 뭐니 해도 사람은 내 것이 있어야 한다, 그렇게 생각해요. 아유, 어색해. 인터뷰라는 걸 뭐 해본 적이 있어야지."

그렇다. 주연은 지금 이곳에 인터뷰를 하러 온 것이다.

"괜찮아요. 편하게 하세요. 어차피 제가 나중에 다 정리해서 다시 쓸 거니까."

그것도 작가의 자격으로! 물론 대필 작가이긴 하지만. 주연은 휴대폰 녹음 앱의 빨간 버튼을 눌렀다. 그러니까 이 일은 최종 면접까지 갔던 회사에서 결국 불합격 통보를 받았던 그날 시작되었다.

"뿔 언니, 대학 때 전공이 문장과라고 그랬나, 뭐 아무튼 글 쓰는 거 배웠다고 하지 않았어?"

미선관 '주연의 자리'에 앉아, 처음부터 다시 시작해야 한다는 생각에 막막해하며 구인 글만 하염없이 보고 있던 주연에게 얼음 언니가 말했다.

"문장과가 아니고 문창과인데……. 네, 배웠어요. 근데 그건 왜요?"

"그럼 대필 같은 것도 할 수 있나?"

"해본 적은 없는데……. 저는 등단 작가도 아니고."

"등단? 등단이 뭐야?"

"신춘문예 같은 거에 당선되는 거요."

"에이, 그런 거 없어도 돼. 이거는 그냥 내 이야기를 쓰는 거니까. 내 목소리에 충실하게만 써주면 돼. 그래서 전혀 모르는 작가한테 맡기기보다는 뿔 언니가 해주면 나는 더 좋을 것 같은데?"

"그럼 이게 자서전 같은 건가요?"

얼음 언니는 평소랑 달리 기어들어 가는 목소리로 말을 꺼냈다.

"어, 맞아. 자서전. 나 같은 게 무슨 자서전씩이나 쓰려고 하나 싶지?"

"무슨 소리세요? 자수성가한 여성 사업가가 자서전 쓰는 거야 자연스러운 일이죠."

"아유, 자수성가? 사업가? 그런 거 아냐. 그런 거창한 거 아니고. 요즘 들어 그런 생각이 들더라고. 자식들 앞에 그래도 좀 부끄럽지 않은 어미이고 싶다. 내가 학력도 초졸에 좀 무식하고 일도 험한 일을 해와서 보기에도 이 꼴이고. 근데 애들이 시집 장가 갈 나이가 다 돼가니까……. 이상하게 자식들이 뭐라 안 하는데도 내가 먼저…… 나 자신이 부끄럽더라고. 근데 뭐 글을 쓸 줄을 알아야 쓰든지 말든지 하지. 그래서 말인데, 뿔 언니가 좀 해주면 어떨까 해서. 모르는 사람보다 낫잖아. 별 거 없는 인생이지만 뭐, 그래도 좀…… 잘 살아온 것처럼 포장 좀 해줘. 우선 보수는 월 이백. 작업이 얼마나 걸릴지 모르니까……. 보수 합한 게 삼천이 안 될 경우에는 책이 나온 뒤에 모자라는 금액을 일시불 정산해주는 걸로. 어때?"

"그러니까…… 삼천만 원이요?"

놀라는 주연에게 얼음 언니가 되물었다.

"왜? 삼천이면 너무 적나? 내 나름대로는 시세 알아본다고 알아본 건데."

"아, 아뇨. 사실 좀 많은 거 같아서요. 저는 등단 작가도 아니고……."

"등단인지 뭔지가 중요한 게 아니고, 이거는 책 한 권을 써주는 수고비잖아. 그러니까 뿔 언니의 노동과 귀중한 삶의 시간을 쓰는 데 대한 대가라고. 안 그래? 담에도 어디 가서 싸게 써주지 마, 절대. 비싸게 굴어야 돼. 사람들은 가치를 보고 가격을 매기기도 하지만, 가격표를 보고 가치를 어림짐작하기도 하거든?"

"와아. 얼음 언니 이런 이야기 하시니까 진짜 사업가 같아요."

"사업가는 무슨. 장사치지. 물론 떨어진 소털만 봐도 좋은 소인지 아닌지 단번에 알아보는 소 귀신이기도 하고."

그렇게 시작된 일이었다.

"내 것이 있어야 한다고 하셨는데, 그 내 것이라는 게 어떤 걸까요? 구체적으로."

"음…… 그러니까 내 거란 거는 한마디로, 내가 팔 수 있는 거를 말하는 거야. 내가 살고 있어도 못 파는 집은 내 집이 아니고, 내가 타고 있어도 못 파는 차는 내 차가 아니지. 기술이라고 해도 그걸 들고 어디 가서 돈 만 원이라도 벌 수 있어야 내 거라고 할 수 있는 거지."

"그러니까 팔아서 돈으로 바꿀 수 있는 게 바로 '내 것'이군요."

"바로 그거지! 그런 거를 하나라도 더 가지려고 이날 이때까지 기를 쓰면서 살아왔지, 뭐."

그녀의 계속되는 말에 의하면, '내 것'이라 할 만한 게 아무것도 없던 시절, 얼음 언니는, 그러니까 '김명자' 씨는 김해 도축장에서 일하고 있었다. 그때만 해도 고기는 주요 부위만 쓰고 나머지 부위는 버리던 시절이었다. 버려지는 부위는 주로 눈살, 볼살, 턱밑살, 혀살, 항정살 등이었는데 그녀는 그걸 가져가서 아이들을 먹였다. 버리는 부위라지만 각각의 부위마다 식감과 맛이 달라 특성에 맞게 잘 손질해서 구우면 의외로 맛이 있었다. 아이들도 처음엔 꺼리더니, 나중에는 살코기보다 특수 부위를 더 찾았다. 그러던 어느 날 어떤 건 기름장에 찍어 먹고, 또 어떤 건 쌈장에 푹 찍어 싸먹는 아이들을 지켜보던 그녀는 문득 그런 생각이 들었다. 이걸 가져다 싸게 팔면 어떨까? 그냥 파는 게 아니라 포장마차에서 소주도 한잔 곁

들여 구워먹을 수 있게 해준다면? 당시 도축장에서 멀지 않은 곳에 공장이 있었는데, 그 앞에서 판다면 노동자들은 싼값에 구운 고기를 먹을 수 있어서 좋고, 자신은 부대 수입을 올릴 수 있어서 좋을 것 같았다. 그렇게 얼음 언니는 낮에는 도축장에서 일하고, 밤에는 포장마차를 열어 고기 부산물을 팔았다. 그게 지금은 이른바 '뒷고기'로 불리는 '막고기'의 시작이었다. 그리고 그녀의 첫 '내 것'이기도 했다.

"남들 눈엔 쓰레기로 보이는 게 나한테는 보물일 수도 있어. 남들이 비웃는다고 나까지 같이 비웃고, 남들이 버린다고 나까지 같이 버리면 안 되는 거야."

주연은 자신에게 팔 수 있는 재산이 뭐가 있을까 생각했다. 아무리 생각해도 아직은 상품이 될 만한 게 없는 것 같아 어깨가 움츠러들었다. 언제쯤 자신 있게 이게 바로 나의 보물이라고 말할 만한 걸 가질 수 있을까? 언젠가 나만의 뒷고기를 발견해 지친 사람들의 마음을 위로해줄 날이 올까? 남들 눈에는 보이지 않아도 내 눈에는 반짝이는, 그런 걸 가지고 있는 자신의 모습을 상상하는 것만으로도 주연은 가슴이 두근거렸다.

인터뷰를 마치고 주연은 얼음 언니와 함께 불가마로 향했다. 차는 이번에도 역시 주연이 몰았다.

가만히 있어도 옷이 젖는 한여름이었다. 한증을 하지 않는 사람은 더운 여름에 찜질을 하는 사람을 이해하지 못할 것이다.

"무슨 소리! 이럴 때일수록 막을 해야지."

하지만 얼음 언니의 말처럼 진짜 마니아들은 여름 막을 즐긴다. 여름에 막을 하는 이유가 뭘까? 늘 하다 보니 여름에도 하는 걸까? 주연은 궁금했다.

"막이야 사계절 다 좋지만, 여름 막은 선택이 아니라 필수야."

가만히 앉아만 있어도 땀이 줄줄 흐르는 여름에 불가마를 하는 게 필수라니. 그건 또 왜일까? 주연은 궁금해서 이유를 물었고, 얼음 언니는 기다렸다는 듯이 대답했다.

"여기서 내는 땀이랑 더워서 흐르는 땀은 완전히 다른 땀이거든."

"어떻게 다른데요?"

"우선은 점도가 달라."

"점도요?"

"그러니까 무더운 날 땀 흘리면 끈적끈적하잖아. 끈끈이처럼. 근데 여기서 흘리는 땀은 산뜻해."

듣고 보니 정말 그런 것 같다고 주연은 생각했다.

"게다가 이게 진짜 중요한 건데……." 얼음 언니가 말을 이었다. "막에서 땀을 흘려주면 신기하게 밖에서 땀이 덜 나."

"진짜요?"

"진짜지. 이거는 내가 한두 해가 아니라 여러 해 직접 해보고 안 거거든."

"이미 땀을 많이 흘렸기 때문일까요? 이를테면 하루에 흘릴 수 있는 땀의 총량이 정해져 있다든가?"

"그렇지! 땀 총량의 법칙이네. 뿔 언니 역시 똑똑하네."

땀 총량의 법칙. 과학적인 근거까지는 잘 모르겠지만 주연 역시 불가마를 하면서 여름을 조금 쉽게 나고 있는 것만은 사실이었다. 평소 같았으면 고통스럽게 느꼈을 뜨겁고 습한 공기가 지금은 견딜 만했다. 뜨거움에 대한 내성이 생겼달까? 즐길 수 있는 힘이 생겼달까? 그리고 무엇보다 이곳에 와서 땀을 흠뻑 흘린 뒤에 밖으로 나와 숲에서 부는 바람을 맞으면, 이게 여름이구나! 싶었다. 그만큼 여름 막에서만 느낄 수 있는 상쾌함은 특별했다. 미선관을 알기 전까지는 상상도 못 했던 일이었다. 세상엔 겪어봐야만 이해할 수 있는 일도 있는 법이다. 땀 흘리길 두려워하지 않는다면, 여름은 생각보다 시원할 수 있다.

"풀냄새 좋다."

찜질을 하고 나와 평상에 누운 얼음 언니가 말했다.

"졸졸 시냇물 소리도 좋고. 꼭 신선이라도 된 거 같네."

오랜만에 함께 막을 한 대장 언니도 곁에 누우며 말했다. 그녀가 트위드 투피스가 아닌 가운만 입은 모습을 볼 일은 많지 않았다.

"대장 언니 오늘 웬일? 막을 다 하시고."

"어젯밤에 열대야라 잠을 설쳤지 뭐야. 누워 있는데 막 생각이 간절하더라구. 나도 얼음 좀."

대장 언니는 얼음 언니에게서 받아 든 얼음 조각을 입에 넣고 우물거렸다. 고작 하나를 넣었을 뿐인데도 입이 작아서 도토리를 입안에 문 다람쥐처럼 왼쪽 볼이 얼음 모양으로 볼록했다.

"나는 대장 언니는 막 하는 거 안 좋아하는지 알았어."

"웬걸. 내가 미선관 만든 이유가 순전히 이 막 때문인데?"

"그래요?"

"손님들 없을 때 주로 해서 그렇지, 매일 해요. 삼십 년 동안 거의 하루도 안 빼놓고."

"근데 이 막 엄청 오래됐다 그러지 않았어요?"

두 사람의 대화를 가만히 듣고 있던 주연이 대장 언니에게 물었다.

"그렇지. 이백 년이 넘었으니까."

"이백 년이요? 에이…… 설마."

주연은 정말 오래돼 보인다고 생각은 했지만, 그 정도로 오래되었을 거라고는 상상도 못 했다.

"모르지, 그야 나도 들은 얘기니까. 그냥 옛날얘기 같은 거지, 뭐."

　그렇게 대장 언니의 미선관 이야기가 시작되었다. 그녀가 미선관을 인수하기 전의 주인이었던 노파에게서 전해 들은 이야기라고 했는데, 그건 마치 〈전설의 고향〉 같은 이야기였다. 옛날 아주 먼 옛날 온 나라에 역병이 돌았는데, 당시 최고의 가마 장인이 딸을 살리기 위해 눈물과 기도로 만든 불가마가 바로 이 불가마였다는 것이다. 이 가마는 셀 수 없이 많은 사람을 죽음의 강에서 건져냈다고 했다. 그 소문은 어느덧 왕의 귀에까지 들어가 병에 걸린 세자가 그곳을 찾게 되었고, 어렵게 살린 가마 장인의 딸은 세자와 사랑에 빠지는 바람에 그 자리에서 죽임을 당했다고 한다. 그길로 백 년이 넘는 시간 동안 가마는 폐쇄되었는데, 그렇게 멈췄던 가마의 시간을 다시 흐르게 한 것이 바로 그 노파의 아버지였다고 했다. 노파는 어렵게 다시 흐르기 시작한 가마의 시간을 대장 언니에게 맡긴 것이었다. 절대 불이 꺼지지 않게 해달라는 당부와 함께. 주연은 그 이야기를 다 믿는 건 아니었지만, 긴 세월에 걸친 불가마의 역사를 듣고 있자니 한 인간이 경험할 수 있는 시간이라는 것이 생각보다 짧게 느껴졌다. 지금 내가 땀을 흘리는 이 가마에 아주 오래전에 살았던 누군가의 땀이 묻어 있다고 생각했을 때 느껴지는 일체감. 그들과 내가 다르지 않다는 생각이 하루하루 안달을 내며 살아가는 일상에 '틈'을 만들어주는 것 같았다.

　대장 언니의 불가마 이야기를 다 듣고 나니, 어느덧 날이 저물어 있었다. 어둠이 내려앉은 숲은 꼭 전설 속 한 장면 같았다. 여자들은 자신들이 태어나지도 않았던, 아득하게 먼 시간 속으로 들어온 듯한 착각 속에서 맥주를 마셨다. 주연은 술 대신 호박 식혜를 마셨고, 얼음 언니를 그녀의 차로 집까지 데려다주게 되었다. 집 앞에 도착하자 조수석에 앉아 있던 얼음 언니가 주연에게 잠시 집에 들렀다 가라고 했다. 주연은 글로브 박스에 두었던 가방을 꺼내다가 손이 미끄러져 조수석 바닥에 떨어뜨렸고, 그 바람에 가방 속에 있던 물건들이 차 바닥으로 쏟아지고 말았다.
　"죄송해요."
　"죄송할 것도 많다." 허둥지둥 물건을 집는 주연에게 얼음 언니가 말했다. "천천히 해. 바쁜 것도 없는데……."
　바닥에 쏟아진 물건들 사이에 손바닥보다도 작은 핫핑크색 티 팬티가 하나 있었다. 평소 엉덩이를 다 덮고도 남는 검은색 면 팬티만 입는 주연은, 천을 얼마 쓰지도 않은 데다가 그마저도 구멍이 숭숭 뚫려 있는 레이스 달린 작은 물건을 낯설게 바라보았다. 그게 자신의 것이 아니라는 것만큼이나 얼음 언니의 것이 아니라는 사실도 분명해 보였다. 그래서 이걸 말해야 하나 말아야 하나 잠시 망설였다.

"저기, 얼음 언니. 차 바닥에 이런 게 있는데…….."

그 팬티에 어떤 추악한 비밀이 숨어 있더라도 얼음 언니가
알아야 한다는 생각에 주연은 결국 입을 열었다. 하지만 얼음
언니의 표정은 의외로 침착했다. 이미 모든 걸 다 알고 있기라
도 한 것처럼.

"그게 말이지, 쪽팔린 얘긴데…… 들어가서 이야기하자. 뭐
좀 먹으면서……. 어차피 그 인간 오늘 들어오지도 않을 거야.
또 상가에 간다나 뭐라나. 이 인간이 입으로 죽인 사람만 몇인
지 몰라."

두 사람은 얼음 언니의 긍지와 수치가 함께 살고 있는 그녀
의 집으로 들어갔다. 그렇게 얼음 언니의 사랑 이야기, 아니
더 정확히는 결혼 이야기, 아니 그보다 더 정확히는 인생 이야
기가 다시 시작되었다.

얼음 언니는 남편을 김해 도축장에서 처음 만났다. 그는 도
축사의 아들이었는데 불행하게도 칼조차 제대로 못 쥘 정도
의 겁쟁이였다. 그럴 때면 도축사는 아들을 쥐 잡듯이 잡았다.
그가 아들에게 물려줄 수 있는 건 바로 도축 기술밖에 없었기
때문이다. 도축 일은 벌이가 꽤 좋은 축에 속했지만, 그는 불
행하게도 버는 족족 도박판에 꼴아 박아 수중에 모아놓은 돈

은 없고 빚만 한가득이었다. 뜻대로 안 되기는 화투판이나 아들이나 매한가지였다. 아버지의 명에 따라 어쩔 수 없이 칼을 쥐고 짐승의 살을 베야 할 때면 아들은 어김없이 울음을 터뜨렸다. 그 모습이 어찌나 우스운지 다른 도축사들은 그를 보고 웃음을 터뜨렸고, 당시 도축장에서 청소를 하던 얼음 언니, 명자도 그들과 함께 웃었다.

도축사의 아들은 희고 고왔다. 아버지의 유전자는 죄다 내장으로만 전달된 건지, 닮은 구석이라곤 찾아볼 수 없었다. 그의 어머니를 보지 않은 사람도 그녀가 얼마나 미인이었는지 알 수 있을 만큼 선이 가늘고 섬세한 이목구비를 가지고 있었다. 얼음 언니는 그가 도축장 구석에서 울고 있으면 미에로화이바를 가져와 그의 섬섬옥수에 꼭 쥐여주었다.

"너도 나 계집애 같다고 놀리는 거지?"

그는 고맙다는 말 대신 꼭 그렇게 말했는데, 우스운 건 그런 대답과는 달리 얼른 뚜껑을 따서 바닥이 보일 때까지 음료를 들이켰다는 것이다. 모르긴 해도 미에로화이바를 무척이나 좋아하나 보다, 하고 얼음 언니는 생각했다. 다 마시고 난 빈병은 얼음 언니가 버리지 않고 자신의 집 부엌 한구석에 모아두었다. 그렇게 모은 빈 병이 하나, 둘 늘어가다가 박스 하나를 가득 채우던 날, 그날 이후로 그가 보이지 않았다.

들리는 말로는 그의 아버지가 돌아가셨다고 했다. 그와 가까운 사이였던 것도 아닌데 명자는 그가 보이지 않게 되자, 실연이라도 당한 것처럼 살맛이 나지 않았다. 맛있는 걸 먹어도 맛을 모르겠고, 재미난 이야기를 들어도 통 웃음이 나지를 않았다. 그때는 몰랐지만, 눈물에 젖은 고운 얼굴을 보는 그 짧은 시간이 피 비린내 가득한 도축장에서 유일하게 그녀의 숨통을 트여주고 있었던 것이다. 고작해야 미에로화이바나 주고받은 게 전부인 사이치고는 그리움의 크기가 컸다. 한 번씩 그 얼굴이 보고 싶을 때는 속이 다 울렁거려서 그에게 주려고 사뒀던 미에로화이바 한 박스를 자신이 다 먹어버렸다. 그렇기는 해도 이미 떠나버린 사람인 데다가 연락을 하는 사이도 아니었으니 잊으려 했고, 잊은 줄 알았다. 그가 다시 그녀의 눈앞에 나타났을 때에야 실은 단 한순간도 그를 잊은 적이 없었다는 걸 깨달았지만.

그를 다시 만난 건 도축장 일을 완전히 그만두고, 뒷고기 장사를 하던 어느 날이었다. 근처 공장에 다니고 있다던 그는 명자의 포장마차에 혼자 왔다. 당시 그녀는 첫 번째 남편과 이혼을 하고 아이 둘을 키우고 있었다. 도축사의 아들은 공장에 다니면서도 변함없이 울었고, 명자는 이번엔 미에로화이바 대신 소맥을 말아주었다.

"남자는 깡소주지. 이 근본 없는 건 뭐야? 나 계집애 같다고 또 놀리는 거야?"

그렇게 말하면서도 그는 명자가 주는 소맥을 잘도 받아마셨다. 그녀는 자신이 황금 비율로 만든 소맥이 맛있긴 맛있나보다 생각하며 그가 찾아올 때마다 술을 따라줬다. 다른 손님들이 자기들도 좀 만들어달라며 성화였지만 명자는 그런 손님에겐 술은 고사하고 고기도 안 팔 테니 다시 올 생각도 하지 말라고 따끔하게 한소리 해줄 뿐이었다. 그는 그런 그녀를 보며 시큰둥하게 굴었지만 그래도 술과 위로는 남김없이 받았다. 술만으로 그의 울음이 그치지 않는 날에는 둘만 있을 수 있는 곳으로 자리를 옮겨 위로를 계속하기도 했다. 조금 더 깊고 따뜻한 위로였다. 그렇게 그가 마신 술병들로 그녀의 집 주방 한구석이 가득 찰 때쯤, 둘 사이에 아이가 생겼고, 두 사람은 식도 올리지 않고 그대로 부부가 되었다.

"그렇게 아이 셋을 키우며 함께 살았지. 근데 알고 보니 그 인간은 도축만 안 맞는 게 아니라 일이라는 일은 죄다 맞지 않는 사람이더라구. 결혼한 뒤로는 무위도식하면서 줄곧 놀기만 했지. 대체 뭐 하는 인간인가 싶다가도, 나도 참 바보 같은 게 그 인간 얼굴만 보면 언제 그랬냐는 듯 화가 눈 녹듯 녹아내리는 거야. 원체 희고 고운 얼굴이었으니까. 게다가 애들이랑 노는 모습을 보면 또 어찌나 해맑은지 그냥 다 포기하고 애넷 키운다 생각하고 살자 싶었지. 물론 이건 그 인간이 잠꼬대로 다른 여자 이름 부르기 전까지만. 그 뒤로는 현장 급습하

106

고, 죽으면 죽었지 다시는 안 그러겠다는 약속도 받아냈는데 그놈의 바람은 멈추지도 죽지도 않더라고. 시간이 흐르면서 고운 얼굴도 온데간데없이 사라져버렸고. 언젠가부터 남편을 생각하면 과거 혹은 미래만 생각하고 있더라고. 아주 오래전에 해사한 얼굴로 도축장 구석에서 울던 그 소년 같은 모습, 그걸 생각하면 여전히 마음 한구석이 아렸지. 그러다가 또 늙은 그 인간이 추잡한 짓이라도 하면 미래의 어느 날 영감탱이가 죽어서 흙바닥에 누워 있는 상상을 나도 모르게 하고 있더라고. 죽기를 바라서 그랬는지 그래도 죽는 것보단 살아 있는 편이 낫지 않을까 생각해보려고 그랬는지 모르겠지만. 근데 그것도 나중에는 익숙해져서 죽든지 말든지 뭔 상관인가 싶어서 더 서글프더라고." 잠시 침묵이 흐른 뒤 그녀가 다시 입을 열었다. "시시하지? 추하고?"

"아뇨. 멋지고 아름다운데요?"

주연이 얼른 대답했다.

"대체 어디가 멋지고 뭐가 아름다워? 바람피우고 서로 미워하면서 사는 게?"

"아뇨. 누군가를 진심으로 사랑해서 용감하게 가정을 꾸리고 힘껏 살아온 여장부의 인생 이야기가 멋지고 아름다워요."

"여장부는 무슨……. 돈만 보고 살아온 멋대가리 하나 없는 장사치지."

얼음 언니는 속이 타는지 얼음을 한 번에 입안 가득 털어 넣었다. 처음 봤을 때는 그 모습이 좀 과격해 보였는데, 이제는 그게 얼음 언니가 할 수 있는, 어쩌면 유일한 자기 보호 행위 같아서 주연은 그런 그녀가 조금은 안쓰러워 보였다.

"근데 이런 거 여쭤봐도 될지 모르겠는데……."

주연이 조심스럽게 말을 꺼냈다.

"우리 사이에 못 물어볼 게 뭐 있어? 자서전을 대신 써주려면 나만큼 나를 잘 알아야지."

"그럼 여쭤볼게요. 근데 왜 이혼은 안 하세요?"

"아아, 이혼?"

역시 그 말은 묻지 말걸 그랬나? 이혼이라는 말에 얼음 언니의 낯빛이 감출 수 없이 어두워졌다. 뭐든 말해도 된다고 해서 정말로 뭐든 말해버려서는 안 되는 거였다.

"이혼……. 그래, 이혼……."

"말하기 힘드시면 안 하셔도 돼요."

"아니야. 해야지. 까놓고 말해서 그거 땜에 이 자서전도 시작된 거니까."

"이혼 때문에요?"

"응. 남편이 이혼해달라고 노래를 부른 지 꽤 됐거든. 근데 내가 안 해주겠다고 버티고 있는 상태야. 바람나서 젊은 년이랑 새 살림 차리겠다는 남자, 뭐가 좋아서 끼고 사나 싶지? 한

심하고 미련해 보이지?"

"아, 아니에요. 그보다는 진짜 이유가 궁금하긴 해요. 얼음 언니 입장에서도 사실 상처만 받는 결혼생활이잖아요. 아직도 남편분을 사랑하세요?"

"사랑은 개뿔. 그런 고귀한 이유 때문이라면 멋이라도 있지. 그냥 치졸한 거야."

"치졸한 거요?"

"돈! 돈 땜에 안 해주는 거야. 아니, 못 해줘!"

"돈이라면 바람을 피운 남편분이 언니한테 위자료를 줘야 하는 거 아니에요?"

"어차피 바람피우는 거는 소송을 걸어봐야 위자료는 최대 삼천만 원 이하라더라구. 근데 진짜 문제는 재산 분할이거든?"

"돈은 언니가 다 벌었으니까, 재산은 다 언니 거 아니에요?"

"그럴 거 같지? 근데 법이 안 그래. 그 인간은 한 푼 안 벌고 쓰기만 했어도, 나랑 산 세월이 유구하다는 이유 하나로 재산 형성에 기여한 바가 크다나 뭐라나."

"듣고 보니 진짜 억울한데요?"

"그지? 재주는 곰 같은 내가 다 넘고, 재산은 저 여우 같은 상간녀랑 늑대 같은 남편 새끼가 다 챙겨가고. 그러니 내가 이혼을 해주고 싶겠어, 안 해주고 싶겠어? 내가 날 때부터 금수

저였다면 얘기가 달랐겠지."

"그럼 뭐가 달라요?"

"백팔십도 달라지지. 상속받은 재산은 분할 대상이 아니거든."

"아아. 몰랐는데……. 자수성가한 게 죄네요."

"억울하지. 내가 나가서 돈 벌 때 지가 뭐, 집안일을 했어, 애를 키웠어? 한 거라곤 남이 죽어라 일해서 벌어온 돈 딴 년이랑 평평 쓰고 다닌 것밖에 없는데……. 나는 나가서 돈 벌어, 들어와서 살림해. 하루도 쉰 날이 없어요. 어깨가 다 닳아서 내가 진짜 너무 아파서 불가마를 안 하면 숨도 못 쉬거든. 그렇게 번 돈을 반 떼어주면 우리 애들한테 가야 할 돈, 그 젊은 년이 낳은 애들이 가져가는 거 아냐? 내가 그 꼴을 어떻게 보겠어? 그러라고 지금껏 돈 벌었냐고?"

"몰랐는데, 이혼이라는 게 사귀다가 헤어지는 거랑은 차원이 다른 문제였네요."

"자서전에는 쓰지 마. 이런 얘긴……."

"좋은 이야기만 쓸게요. 걱정 마세요."

"나도 참 못났다. 잘 살았어야 되는 건데……. 엉망진창으로 살고 잘 살아온 것처럼 분칠할 생각이나 하고."

그해 여름은 얼음 언니의 한숨처럼 길었다. 6월이 오기도 전에 시작된 여름은 7월이 되어도 비 한 방울 내리지 않고 뜨접기만 했다. 8월이라고 다를 것은 없었다. 그 긴 여름 동안 미선관의 불가마는 하루도 쉬지 않고 뜨겁게 달아올랐고, 여자들은 그곳에서 여름보다 더 뜨거운 땀을 흘렸다. 그렇게 자신의 몸에서 나온 물로 온몸을 흠뻑 적시고 나면 견디기 힘든 날씨도, 그보다 더 견디기 힘든 그녀들의 일상 속 크고 작은 문제들도 땀을 흘리기 전보다 한 뼘 정도는 작아져 있었다. 문제가 완전히 사라질 수는 없겠지만, 그래도 큰 산처럼 보이던 걸 작은 공으로 만들어 손안에 쏙 들어오게 만들 수는 있었다.

그 불가마에는 그런 힘이 있었다.

주연 역시 그 긴 여름 동안 여러 회사들로부터 불합격 통보를 받았다. 이유 모를 거절 앞에서 주연이 할 수 있는 일이라곤 고작 견디는 것밖에는 없었다. 다음엔 꼭 될 거라는 밑도 끝도 없는 희망과 영원히 난 안 될 거라는 절망 사이 어디쯤에서 마음은 시계추처럼 흔들렸다. 그 흔들리는 마음을 붙잡아준 건 얼음 언니의 자서전 작업이었다. 취직을 한 건 아니지만 그것 역시 엄연한 일이었다. 그것도 지금 당장 할 수 있는 일 중에서는 적지 않은 보수를 주는 제대로 된 일이기도 했다. 그리고 무엇보다 이 일 덕분에 주연은 다시 글을 쓰게 되었다. 일부러라도 더 피하던 글쓰기를 다시 하게 되자 잃었던 꿈이 되살아나는 것만 같았다. 아니, 잃었다기보단 스스로 버렸다고 하는 게 맞을지도 모르겠다. 하지만 막상 글을 다시 쓰기 시작하자 주연은 깨달았다. 이미 버렸다고 생각했던 그 꿈을 실은 단 한순간도 버린 적이 없었다는 걸.

"요즘 두 사람 부쩍 붙어 있는 시간이 많은 거 같애? 나만 쏙 빼놓고. 서운하게시리."

이쁜 언니가 얼음 언니와 주연이 붙어 앉아 있는 곳으로 다가와 말했다. 얼음 언니는 자서전 이야기를 들려주었고, 이야기는 여느 때처럼 꼬리에 꼬리를 물고 끝도 없이 펼쳐지다가 얼음 언니의 남편 이야기까지 가지를 뻗쳤다. 미선관의 손님들은 꽤 친했지만 사생활은 서로 오픈하지 않았는데, 그건 일종의 암묵적인 룰이었다. 이곳에서는 자신이 누구든, 어떤 삶을 살고 있든 상관없이 모두 똑같이 하나의 몸으로만 존재하고 싶었던 것이다. 미선관은 이들에게 일상을 잊어버리고 온전히 땀을 흘릴 수 있는 곳이었다. 얼음 언니는 그런 암묵적인 룰마저 깨버리고, 자신의 가장 부끄러운 부분까지 이야기했다. 그만큼 그녀는 지금 누군가의 도움이 절실했다.

"언니, 내 직업이 경찰인 건 알고 있죠?"

얼음 언니의 말을 들은 이쁜 언니가 목소리에 힘을 주어 말했다.

"그야 알지. 근데 그건 왜?"

"아니, 내가 언니 이혼……. 재산 분할이라든지 이런 돈 관련된 거야 잘 모르지만서도, 두 연놈이 언니 돈으로 행복하게 잘 먹고 잘 살았다는 엔딩은 막아줄 수도 있을 것 같은데?"

"무슨 수로?"

"경찰이 범죄자도 아니고 일반인 뒤를 캐는 게 옳은 짓은 아니지만, 제가 휴직 중이기도 하고, 또 가정 파괴도 엄연히 죄 아니겠어요? 그러니까 최대한 법에 안 걸리는 범위 내에서 한번 뒤를 캐볼게요. 그러면 뭐라도 나오지 않겠어요?"

"뭐가 나오면? 뭐 뾰족한 수라도 있어?"

"그거는 뭐가 나오는지를 보고 판단할 일이고. 중요한 건 뭐라도 잡아내는 거 아니에요? 패는 많이 쥐고 있을수록 좋잖아요."

이쁜 언니의 이름은 민소영. 지금은 휴직 중이지만 원래는 강력반 소속이었다. 남들은 여자가 강력계 형사라니 꼭 액션 영화 주인공처럼 멋지다며 감탄했다. 하지만 가족들은 달랐다. 부모님은 경찰대를 갈 때부터 못마땅해했다. 그 성적으로 참하게 교대나 갈 것이지, 여자가 굳이 경찰대를 가서 어따 쓸 거냐, 그런 험한 일하는 여자를 대체 어떤 남자가 좋다고 하겠냐, 좋은 집안에서 제대로 교육받은 남자들은 신붓감으로 쳐다도 안 본다, 어떤 남자가 애 엄마로 그런 여자를 좋아하겠냐며, 경찰대에 가면 학비도 안 줄 거라고 엄포를 놓았지만 소용없었다. 학비는 스스로 벌면 되고 시집은 안 가도 그만이라고 소영은 생각했다. 경찰이 될 수만 있다면 나머지는 아무래도 상관없었다. 자신에게는 그게 꿈의 직업이었기 때문이다. 후회한 적 없냐고? 가족들의 반대를 무릅쓰고 힘들게 꿈의 직장에 입사했을 때, 그곳에서도 환영받지 못하고 여자라고 무시당하면서도 후회 같은 건 해본 적이 없었다. 다치고 욕을 먹어도, 어떤 위험 앞에 노출되어도 그녀는 웃었다. 그것도 아주 이쁘게.

그런 그녀가 처음으로 후회한 건 아이를 유산했을 때였다. 경찰인 아내가 멋있다면서, 자신의 인생도 지켜달라며 청혼했던 남편도 그때는 흔들렸다. 그냥 그만두면 안 되겠느냐고. 그런 거 안 해도 우리 아이랑 너, 얼마든지 먹여 살릴 능력 된다면서. 소영은 그 말을 듣고 크게 실망했다. 문제는 그 실망의 대상이 남편이 아니라 자기 자신이었다는 것이다. 예전 같으면 그런 말을 들었을 때, 화가 났을 텐데⋯⋯. 이번에는 그렇지 않았다. '정말로 그만둘까? 그만두고 그냥 좋은 엄마, 행복한 아내로 살아갈까?'라는 생각이 처음으로 들었던 것이다. 그런 삶을 생각하면 가슴이 따뜻해졌다. 그토록 사랑하고 인생을 걸어도 좋다고 생각했던 꿈에게, 그 꿈을 향해서 인생을 걸었던 과거의 자신에게 미안해서 그녀는 펑펑 울었다. 어찌나 울었던지 어깨부터 가슴, 날갯죽지까지 다 뭉치고 온몸이 두드려 맞은 것처럼 아파왔다. 근무 중 입은 부상은 치료를 받으면 곧잘 나았는데, 이 통증은 그렇지 않았다. 그렇게 병든 몸을 고쳐주고 달래준 게 바로 이곳, 미선관이었다.

이쁜 언니는 두 남녀의 약점을 잡기 위한, 아니 그보다는 얼음 언니의 인생을 구하기 위한 작전을 시작했다. 그녀의 지휘하에 세 사람은 마치 잠복 경찰이라도 된 듯 조를 짜서 움직였다. 주연은 처음엔 액션 영화 속 주인공이라도 된 것처럼 들떴지만, 하루 이틀 지나자 기다릴 때 시간이 얼마나 느리게 흐르는지를 깨닫게 되었다. 드라마나 영화 속에서 잠복 신은 편집되어서 짧게 한두 장면 나올 뿐이지만, 실제로는 하루고 이틀이고 대책 없이 기다리는 것이었다. 기다리는 게 경찰 일의 팔할이라고 이쁜 언니는 말했다.

"아니다. 팔 할이 뭐야, 구 할. 구 할 이상이지. 맨날 이러고 죽치고 있는 거야."

그래서인지 그녀는 조금도 힘들어 보이지 않았다. 아니, 힘들어 보이기는커녕 불가마에 있을 때처럼 편안해 보이기까지 했다. 잠복할 땐 역시 FM라디오라며, 그건 귀로만 듣는 거라 눈은 다른 곳에 쓸 수 있다며 입으로는 아이돌의 후크송을 흥얼거리면서도 차 밖을 향하고 있는 눈길은 단 한순간도 긴장을 풀지 않았다. 그야말로 '짬'이라는 말의 진짜 뜻이 뭔지 그녀는 온몸으로 보여주고 있었다. 주연이 경찰의 일이란 '기다림'이라는 걸 경험을 통해서 뼈저리게, 아니 팔다리 저리게 배우고 있던 바로 그 순간! 여자의 집 앞으로 못 보던 외제차 한 대가 들어왔다. 운전석에는 보라색 폴로 피케이 티셔츠를 입은 근육질의 남자가 앉아 있었다. 잠시 후 평소보다 세 배는 더 힘을 준 차림으로 집에서 나온 여자가 조수석에 올라탔고, 차는 그길로 바로 호텔로 향했다. 호텔에 도착한 그들은 차 한 잔 마시지 않고 룸으로 직행했다. 물론 그 모습은 모두 주연의 손에 들려 있던 카메라에 선명하게 찍혔다. 카메라에는 파파라치들이나 쓸 법한 망원렌즈가 물려 있었기 때문이다. 이후 여자를 집중적으로 따라다니며 두 사람이 손을 잡고 데이트를 즐기는 모습, 차에서 키스와 그보다 더한 행위를 하는 모습까지 어렵지 않게 찍을 수 있었다. 이쁜 언니는 그 사진을 얼음 언니의 남편에게 보냈고, 두 사람은 싱거울 정도로 빠르게 헤어졌다.

얼음 언니의 남편은 더는 이혼 이야기를 꺼내지 않았다. 이 모든 일의 뒤에 자신의 아내가 있었다는 사실은 꿈에도 모른 채 얼음 언니에게 다정하게 대하기 시작했다. 얼음 언니는 남편의 그런 모습을 보자 지금까지 남아 있던 마지막 미련마저 싹 사라졌다. 아이들 아버지라는 핑계로 곁에 두려던 욕심도 거짓말처럼 증발했다. 이상한 일이었다. 바람을 피울 때보다 돌아와서 다정하게 구는 모습이 몇 배는 더 보기 싫었다.

얼음 언니는 그길로 이혼 전문 변호사를 수소문했다. 최대한 재산을 잘 받아낼 수 있는 전문가를 찾아냈고 자신에게 유리한 최선의 조건으로 남편에게 이혼 소송을 걸었다. 남편과 여자를 미행하는 과정에서 외도 증거는 충분히 확보했기 때문에 이혼은 문제없어 보였다. 물론 남편은 가만히 있지 않았다. 얼음 언니의 변호사 못지않게 유명하고 수임료가 비싼 변호사를 고용하고, 맞고소를 하기 위해 얼음 언니가 결혼생활 동안 했던 언행을 샅샅이 뒤져 귀책사유를 찾고 있었다. 자신에게 화를 내고 욕을 하며 때렸다든지, 아이들에게 밥을 주지 않고 늦게 귀가했다든지 하는 케케묵은 사연들이 고구마 줄기처럼 끌려 나왔다. 물론 그에게 화를 내고 욕을 한 건 그의 여자 문제 때문이었고, 아이들 밥을 못 챙긴 날은 일이 늦게 끝나서였다. 일일이 설명하자면 입 아픈 일들이 살아온 세월만큼이나 많았고, 소송은 생각보다 길어질 것 같았다. 그렇다고 한들, 이미 시작된 싸움을 접지는 않을 것이었다. 문제는 따로 있었다.

"뿔 언니, 정말 미안한데 자서전은 많이 썼어?"

얼음 언니가 미선관 액세서리 숍 앞에 놓인 테이블에서 글을 쓰고 있는 주연에게 다가와 물었다.

"반 정도는 쓴 거 같아요. 물론 초고라 좀 더 다듬어야 하지만."

이렇게 답할 때까지만 해도 주연은 그 질문이 의뢰인의 흔한 진행 상황 체크라고 생각했다.

"정말 미안한데 우리 그거…… 엎자."

"엎다뇨?"

"없었던 일로 하자고."

"왜요? 무슨 일 있으세요?"

"아니, 그냥. 지금까지 받은 돈은 돌려주지 말고 뿔 언니 가져."

"완성도 하지 못했는데요?"

주연은 안 그래도 이런 상황이 생길까 봐 그 돈을 백 원도 쓰지 않았다. 솔직히 글로 돈을 벌어본 일이 없어서 자신이 없었다. 얼음 언니가 자신의 글을 읽고 당장 환불해달라고 하면 어쩌나 하는 두려움이 있었던 것이다.

"그 돈이야 노동에 대한 값이니까 당연히 돌려줄 필요가 없지."

"정말요?"

"이 사람이 속고만 살았나."

"그럼 이제껏 쓴 글은 어떻게 할까요?"

"그냥 버려야지, 뭐."

주연은 애착을 가지고 하던 일의 갑작스러운 중단 소식에 서운한 마음을 숨길 수 없었다. 그 기색이 얼음 언니의 눈에도 펼쳐놓은 책처럼 쉽게 읽혔다.

"실은 생각이 좀 바뀌었어. 애들 아빠랑 이혼하려고 서류 만들고 변호사랑 상담하고 하면서 그런 생각이 들더라고. 지금까지의 내 인생을 포장하는 게 무슨 소용이 있을까? 나는 내 나이가 많다고 생각했는데, 그게 아니야. 그래도 내가 살아갈 날 중에 오늘이 제일 어린 거잖아. 아직은 쓰여진 이야기보다 써나가야 할 이야기가 더 많다는 생각이 들더라구. 그러니까 지금은 살아온 인생을 정리할 때가 아니라, 다시 시작할 때다. 뻔한 얘기지만 뭐, 그런 생각이 들더라구. 지금까지의 내 인생은 결혼도 사랑도 실패고 여전히 배운 게 없지만, 앞으로도 그럴 거라는 보장은 없는 거 아냐. 나, 이제 여자로서도 노력할 거야. 머리도 하고 피부과도 가려고. 그리고 검정고시도 보고."

얼음 언니의 이야기는 주연을 정말로 기쁘게 했다. 여름 내내 그녀의 자서전을 쓰는 과정에서 들었던 수많은 말들 중에 가장 아름다운 이야기였다. 그리고 지금부터의 그녀가 정말로 궁금해졌고, 진심으로 응원하고 싶어졌다. 하지만 지금까지 쓴 글들이 좀 아깝다는 생각이 드는 건 어쩔 수 없었다. 주연의 이런 마음이 들리기라도 한 듯 얼음 언니가 다시 말했다.

"그래서 말인데…… 소설로 한번 써보면 어때? 대필 작가 말고, 뿔 언니 이름 석 자를 걸고."

"어떻게 그래요? 이건 언니 이야기잖아요."

"누가 알겠어? 말 안 하면. 그 왜, 작가들이 소설 쓸 때 취재 같은 거 하지 않나? 그런 거 했다 치고 한번 써먹어 봐. MSG 팍팍 쳐서 둘이 먹다 셋이 죽어도 모를 만큼 맛깔나게. 너무 막 현실적으로만 쓰지 말고, 왜, 그…… 뭐냐……. 막장 드라마! 그런 것처럼 혼을 쏙 빼놓게 한번 써봐. 못 할 것도 없잖아, 안 그래?"

"등단도 못 한 제가 그렇게 잘 쓸 수 있을까요?"

"나야 무식해서 잘 모르지만, 등단인지 뭔지가 그렇게 중요한 거야?"

"그럼요. 그걸 해야 문단에서 작가로 인정해주는 거니까요."

"변호사 자격증 같은 거야? 그게 있어야 책을 낼 수 있는?"

"그건 아니지만……."

"거 봐. 그거 그냥 말하자면 남들이 일 등이다, 이 등이다 점수 매겨주는 거 아냐? 무식한 말이지만 원뿔 투뿔 한우 등급 매기듯이."

주연은 한우 등급 이야기에 웃음이 났다. 이제껏 한 번도 그렇게 생각해본 적은 없었기 때문이다.

"뭐, 비유가 좀 그렇지만, 틀린 말도 아닌 것 같네요."

"원뿔 한우든 투뿔 한우든, 상품성 없다고 한 뒷고기든 자신감을 가지고 팔면 상품이 되는 거야. 내가 뒷고기 팔아서 건물 세운 여자니까 내 말 믿고 한번 써봐. 툭툭 고기 썰듯이 시원하게 써서 그대로 시장에 내다 팔어. 그럼 그 글이 맛이 있는지 없는지는 손님들이 알아서 판단하겠지.”

　얼음 언니의 자서전 작업은 한순간에 주연의 소설 작업으로 바뀌었다. 단 한 번도 소설을 써야겠다는 생각 같은 건 하지 않고 있었는데, 이미 몇 달 전부터 쓰고 있었던 셈이 된 것이다. 자신의 이름을 건 소설을, 그것도 난생처음으로. 그 모든 게 꼭 불가마가 가져다준 기적 같았다.

　두 사람은 8월의 마지막 폭염을 비웃기라도 하듯 뜨거운 막으로 들어갔다. 뜨거울 때 더 뜨거운 막으로 걸어 들어가는 건 큰 용기를 필요로 하는 일이다. 하지만 한번 그 용기를 내어 땀을 흘리면 밖으로 다시 나왔을 때는 다른 곳에서는 느낄 수 없는 특별한 시원함을 경험할 수 있다. 얼음 언니가 한여름의 불가마 같은 이혼 소송의 문을 열고 들어간 순간, 더는 삶을 포장할 이유 같은 건 없어진 것처럼. 두 사람은 그렇게 함께 여름을 보내는 땀을 흠뻑 흘렸다. 그 누구보다 더 뜨겁게. 그 어느 때보다 더 시원하게.

　“자! 이건 셰프님이 준비한 특별 간식.”

　평상에서 땀을 말리고 있는 주연과 얼음 언니에게 대장 언니가 양 모양의 케이크와 얼음을 넣어 시원하게 만든 상그리아를 들고 왔다. 노릇하게 표면이 구워진 어린 양의 목에는 빨간 리본이 묶여 있었다.

"브라네크beránek라고 체코에서 부활절에 먹는 양 모양 케이크라네. 너무 귀엽지? 셰프님이 얼음 언니 이야기 듣고는 선물로 준비했어. 다시 태어난 거 축하한다고 전해달래요."

"고마워요. 정말 고맙네, 정말 고마워. 근데 이걸 어떻게 먹나?"

노릇하게 구워진 작은 양이 미소 짓고 있었다. 해치기에는 무해하고 귀여운 모습이어서 죄책감이 들 정도였다.

"그래도 이걸 이렇게 푹 뜯어먹어야 된대."

대장 언니가 양의 몸통 부분을 뜯어서 주연에게 내밀었다. 주연은 "잘 먹겠습니다."라고 말하며 그것을 얼른 입으로 가져갔다. 겉은 바삭하고 속은 카스텔라처럼 부드러웠다.

"부활이라는 게 한 번 죽었다가 다시 태어나는 거잖아." 대장 언니가 다시 말했다. "그러니까 이렇게 죽을 때는 마음이 좀 아파도 감수해야지."

이제 세 여자는 누가 먼저랄 것도 없이 양의 몸을 뜯어서 입안 가득 넣고 부드럽고 고소하면서도 달콤한 죽음의 맛을 음미했다. 다시 태어날 거라는 믿음이 있다면 죽음은 그렇게 두려운 일은 아닐 것이다.

"이건 와인에 과일을 넣어서 만든 상그리아. 한 잔씩 먹어봐요."

"아이고. 꼭 남편 놈이랑 소송하면서 흘리는 내 피 같네." 얼음 언니는 그렇게 탄식하듯 말하고는 한입에 털어 넣었다. "캬! 이거 한 잔 쭉 들이켜면 내 피도 이렇게 향긋해지려나?"

"앞으로 우리 얼음 언니 인생이 다 향긋해져야지. 이 브라네크처럼 부드럽고 달콤한 사랑도 하고."

"그래, 그래요. 나라고 뭐 맨날 소나 때려잡으면서 살란 법 있나? 나도 소처럼 듬직한 사내 품에도 안겨보고, 카스텔라처럼 보드랍게 웃어도 보자고."

의외로 술에 약한 얼음 언니의 뺨이 상그리아 빛으로 물들어 있었다. 다시 시작이다. 그러므로 다시 상처받을지도 모른다. 다시 넘어질지도 모른다. 다시 울 수도 있다. 다시 사랑에 빠져 결혼을 할지도 모른다. 그러다 또 이혼을 하지 말란 법도 없다. 그럼에도 다시 일어나 눈물을 말리고, 하던 일을 마저 할 수만 있다면 또다시, 시작할 수 있을 것이다. 스스로 실패라고 선언하지 않는 한, 진정한 의미의 실패는 없는 것이다. 세 여자는 잔을 높이 들었다. 잔 속의 상그리아가 조명을 받아 바닥에 붉고 긴 빛의 길을 만들었다. 마치 그녀들의 앞날을 축복하는 레드카펫처럼.

"우리 바다 갈까?"

얼음 언니가 말했다.

"운전은요? 저도 술 마셨는데……."

주연은 꼭 무슨 잘못이라도 한 것처럼 미안해하는 표정으로 말했다.

"꼭 차가 있어야 바다를 가나? 기차든, 택시든, 고속버스든……. 지금 탈 수 있는 거면 그게 뭐든…… 타고 가자. 가서 조개구이도 먹고, 민박이든 여관이든 호텔이든 뭐든…… 방하나 잡아서 밤새 떠들고…… 해 뜨면 해수욕도 하자. 여름 다가기 전에."

"해수욕 좋지. 나랑 카운터 언니도 껴줘." 대장 언니도 잔뜩 들뜬 표정으로 말했다. "살아 있을 때 해수욕 몇 번이나 더 할수 있을지 모르잖아."

"진짜요? 언니들도 다 같이 가? 뭘로 가야 하나? 얼른 차 알아봐야겠다."

얼음 언니의 눈이 반짝였다. 그녀는 꼭 어린 날로 돌아간 것같았다. 남편도 자식도 없고 가진 것 또한 없지만, 아침에 눈뜨면 설레던 바로 그 시절로.

막이 좋은 날

창을 열자 뺨에 차가운 공기가 와 닿았다. 밤사이 솜씨 좋은 도둑처럼 가을이 담장을 넘어 마당까지 들어온 것이다. 그러고 보니 바닥이 젖어 있었다. 어제까지만 해도 남아 있던 여름의 마지막 한 조각을 가져간 건 바로 가을비였다. 채도가 짙어진 파랑의 하늘에 이끌리듯 주연은 밖으로 나갈 준비를 했다. 중요한 약속인 듯 철저하게 가방을 챙겼지만 씻지는 않았다. 지금쯤이면 이 기묘한 외출 준비 과정의 목적지를 눈치 채지 못할 독자는 단 한 명도 없으리라. 주연의 손에는 이쁜 언니가 병아리 같은 뿔 언니에게 어울린다며 '버려준' 목욕 가방이 들려 있었다.

"백반 하나 주세요."

노란 목욕 가방을 윤이 나는 미선관의 마룻바닥에 내려놓
으며 주연은 말했다. 미선관을 모르던 시절, 주연에게 있어 밥
이라는 건 살기 위해 마지못해 먹는 것이었다. 밥 대신 먹을
수 있는 알약 같은 게 있다면 주저하지 않고 그걸 선택했을 만
큼 끼니를 챙기는 건 성가신 일이었다. 유튜브로 먹방을 봐도,
맛집 인스타를 봐도 도무지 식욕이 돌지 않았다. 그런 주연에
게 처음으로 먹는 즐거움을 일깨워준 건 미선관의 셰프였다.
먹는 것에 시큰둥하던 주연이 이제는 목욕 가방만 봐도 배가
고파질 정도였으니, 말 다 한 거다. 그, 혹은 그녀가 누구인지
는 모르겠지만 새삼 고마웠다. 남들은 여기 저기 찾아다니며
몇 시간씩 줄까지 서서 겨우 먹을 법한 음식을 목욕을 하면서
편안하게 즐기다니! 생각지도 못한 행운이었다.

미식의 즐거움은 생각보다 강력했다. 미식은 때때로 사랑
과 비교되기도 하는데, 시간이 지나면 시들해지는 사랑과 달
리 맛있는 것이 주는 즐거움은 질리지도 않았다. 질리기는커
녕 정말 맛있게 먹은 음식은 시간이 흐를수록 그 맛이 더 또렷
해지기도 했다. 기억은 그리움으로 바뀌며 '한 번 더 먹어보고
싶다'는 생각이 점점 커져갔다. 덕분에 살도 좀 쪘다. 거의 5킬
로그램은 쪄서 오히려 더 보기 좋아졌는데, 그렇다고 새 옷을
새로 살 필요는 없었다. 평소에 주연은 인터넷 최저가로 옷을
사곤 했는데, 사이즈 때문에 반품이나 교환을 하고 싶지 않아

서 늘 안전하게 한두 사이즈 이상 큰 걸 샀던 것이다. 진남은 빌려 입은 옷 같다면서 "남들처럼 좀 딱 맞게, 몸 라인 좀 드러나게 입으면 누가 죽이기라도 한대?"라며 못마땅해 했다. 그럴 때면 주연은 요즘은 오버핏이 유행인 거 모르냐며 대충 얼버무리곤 했는데, 옷장에 있는 큰 옷들이 이제야 진짜 내 옷처럼 딱 맞게 된 것이다. 마치 미선관을 알게 된 뒤 주연의 일상처럼. 제 것이지만 남의 것처럼 불편했던 것들이 조금씩 몸과 마음에 맞추어져가고 있었다.

따뜻한 물에 몸을 담그고 나오니 밥이 차려져 있었다. 오늘의 백반은 솥밥에 소고기뭇국, 그리고 노릇하게 잘 구워진 고등어였다. 무쇠 솥 위에 얹어진 나무 덮개를 들추자 뽀얀 밥 사이로 알이 굵은 굴이 가득했다. 함께 나온 간장 양념을 넣어 쓱쓱 비벼 한 숟갈 푹 떠먹으니 입안 가득 바다 향이 퍼져나갔다. 껍질은 바삭하고 속살은 부드럽고 촉촉하게 잘 구워진 고등어는 가을이라 기름이 차올라서 입안에 넣자마자 사르르 녹아내렸다. 주연은 그릇 바닥이 드러날 때까지 먹었다. 마치 세상에 자신과 밥만 있는 것처럼 다른 생각은 조금도 들지 않았다.

밥을 다 먹고 불가마로 갔는데 막 문이 닫혀 있었다. 오후 1시에서 2시 사이, 막에 물을 주는 시간이었던 것이다. 불가마 앞에는 거적을 두 손에 꼭 쥐고 선 손님 대여섯 명이 문이 열리기를 기다리고 있었다. 주연도 그 기다림의 대열에 합류했다. 줄을 선 손님들의 표정은 밝았다. 막연한 기다림은 사람을 지치게 하지만 약속된 기다림은 사람을 설레게 한다. 한 시에 닫힌 문이 두 시에 열린다는, 삼십 년째 지켜지고 있는 약속에 대한 믿음이 모두에게 안전한 설렘을 선물하고 있었다. 이런 약속들이 모여 지금의 미선관이 된 것이다. 현실에서의 문들은 미선관의 막 문과는 달랐다. 언제 열어주겠다고 약속해주는 문 같은 건 없다. 열릴 듯 말 듯 애만 태우다 끝내 열리지 않는다. 그 수많은 문 앞에서 지친 몸들이 바로 이 약속된 휴식의 문 앞에 서 있었다. 그건 현실의 차가운 시간을 견디게 해주는 약이기도 했다. 주연 역시 그랬다. 기약 없는 취준생 생활 속에서 꼬박꼬박 지켜지는 이 약속이 견딜 수 있는 힘이 되어주었다. 그렇게 기다리는 사이, 얼음 언니와 이쁜 언니도 줄에 합류했다. 두 사람은 막 마니아답게 오 분 전에 도착했다. 정시에 딱 맞춰 오지 않고 조금 빨리 오는 건, 가마에 대한 일종의 애정 표현이었다. 짧은 시간이라도 기다리다 막으로 들어가면, 살갗이 습기와 열기에 더 예민하게 반응했다.

"자! 막 문 엽니다!"

카운터 언니의 시원한 목소리가 마치 후반전의 시작을 알리는 호루라기 소리처럼 경쾌하게 울려 퍼졌다. 이내 여자들의 "아! 좋다."라는 감탄사가 이어졌고, 거기까진 평소와 다를 바 없었다. 하지만 그 뒤로 이어지는 말은 조금 달랐다.

"어머! 오늘 완전……!"

이쁜 언니가 말끝을 흐렸다.

"그러게. 이거 진짜……!"

얼음 언니까지 말끝 흐리기에 동참했다. 두 사람은 끝까지 말하지 않아도 뭔지 안다는 표정으로 서로를 바라보았다. 그리고 들어오는 사람들마다 너나없이 같은 말을 내뱉었다.

"완전…… 뭐요?"

궁금해진 주연이 묻자, 이쁜 언니가 기분 좋은 목소리로 대답했다.

"완전 좋다고, 막이!"

그러고 보니 막 안이 정말로 평소보다 더 시원했다. 하지만 아직까지 불가마 초보인 주연은 이 느낌에 대해서 정확히 설명할 수 없었다. 주연은 정말 좋은 막의 조건에 대해 제대로 알고 싶어졌다.

"근데 진짜 좋은 막의 조건 같은 게 있어요?"

이쁜 언니는 기다렸다는 듯 얼른 설명을 시작했다.

"진짜 좋은 막이란 딱 들어갔을 때 생각할 것도 없이 몸이 먼저 반응하고 입에서는 '아아!' 하고 감탄사가 흘러나오는 막이지. 너무 뜨거워서 살이 아프다거나 하지는 않지만 그렇다고 따뜻한 것도 아니야. 뜨거운데 시원하게 뜨거운 거 있지? 지금처럼. 그리고 습기도 중요한데 축축하게 살이 젖을 만큼 습해도 안 되고, 건조해서 살이 아파도 안 되고. 피부가 보송보송하다가도 좀 앉아 있으면 땀이 송골송골 맺혀서 흘러내리는 딱 그 정도."

"진짜 좋은 막은 선물 같은 거지." 얼음 언니가 이쁜 언니의 말을 이어받았다. "아주 가끔, 툭! 하고 하늘에서 떨어지는 선물처럼. 왜 그런 거 있잖아. 로또에 당첨되거나 사시에 합격하거나 하는 거 같은 대단한 행운 말고, 소소한데 기분 좋은 행운. 맨날 가던 초밥 집에서 제일 싼 기본 세트를 시켰는데 사장님이 서비스로 특을 준다든지. 아니면 오만 원짜리 복권에 당첨된다든지."

"너구리 끓이려고 봉지 열었는데 다시마 두 장 있다든지. 맞지요, 언니?"

이쁜 언니가 신나서 말을 받았다.

"그래! 바로 그거지."

"카페에 갔는데 자리가 다 차서 못 앉고 서 있을 때, 마침 제일 좋은 자리에 앉은 사람이 딱! 일어난다거나…… 인형 뽑기 하는데 절대로 안 뽑히던 피카츄가 뽑힌다든지!"

주연도 거들었다.

"그래! 그거. 그런 소소한 행운이 별 거 아닌 거 같애두 그런 게 없으면 사는 게 삭막해지거든. 사막처럼."

"맞아요, 언니. 살아보니까 그런 게 진짜더라구요. 큰 거는 잘 오지도 않고, 또 와도 좀 뭐랄까…… 큰 만큼 부담이 있어요. 좋다고 해서 마냥 좋은 게 아니더라구."

이쁜 언니 말에 얼음 언니가 고개를 끄덕였다.

"맞아. 큰 거는 큰 만큼 들어 올릴 힘이 있어야 돼. 그런 힘도 없는 상태에서 덜컥 큰 운이 오잖아? 그럼 비리비리한 몸으로 그거 들다가 허리 다 나가. 왜 복권 당첨된 사람 대부분이 몇 년 안에 당첨되기 전보다 더 가난해진다잖아."

"왜요?"

"갑자기 돈이 생기니까 이런저런 사기꾼이라든지 등 쳐먹으려는 날파리들이 꼬이는 거지. 본인이 사업이다 투자다 해서 날려먹기도 하고. 근데 작은 행운은 그런 게 없어. 쪼끄만 해도 그저 좋기만 한 거야."

얼음 언니는 말을 끝낸 뒤 거의 다 녹은 얼음을 씹었다. 큰 소리를 내며 부서지는 얼음 조각과는 달리 종이처럼 얇아진 얼음이 소리 없이 부서졌다.

"오늘 막 참 좋다."

"정말 좋아."

막 안으로 새로 들어오는 손님들도 너나 할 것 없이 같은 말을 했다. 보통의 대화는 한 사람이 말하면 다른 사람은 같은 말을 되도록 반복하지 않지만, 이런 때는 달랐다. 누구라도 한 말을 또 하고 또 하고 또 했다. 이건 대화라기보다는 경탄에 가까웠다. 경탄하는 사람들은 같은 말을 반복하는 것에서 큰 기쁨을 얻는다. 마치 기도의 후렴구를 반복하는 것처럼. 그건 현대 사회에서 요구하는 효율성과는 정반대되는 행위지만, 이런 것을 통해 사람들은 살아 있음을 느낀다.

미선관에 모인 이들은 이곳의 문턱을 넘는 순간, 저마다 입고 있던 사회적인 갑옷을 벗어서 잠시 캐비닛에 넣어두고 그저 하나의 '몸'이 된다. 그리고 몸의 요구에 충실히 따른다고 해서 그 어떤 비난도 받지 않는다. 하루 종일 땀을 흘리며 누워만 있다는 이유로 게으르다는 소리를 들을까 걱정할 필요 또한 없다. 이곳에서는 남들의 평가도, 자기검열도 없이 온전히 쉴 수 있다.

"얼음 언니, 오늘 우리 그거 할까요?"

이쁜 언니가 얼음 언니 쪽으로 가벼운 눈짓을 보냈다.

"해야지. 오늘 같은 날엔."

얼음 언니도 알아들은 듯 했다. 주연은 무슨 말인지 몰라 눈이 동그래졌지만 언니들은 굳이 설명하지 않았다.

"따라와보면 알아."

언니들은 미선관 건물 뒤로 나 있는 계단으로 갔다. 계단을 따라 2층에 오르자 노천탕이 자리하고 있었다. 욕탕은 모두 두 개였는데, 히노키 나무로 만든 작은 탕은 온수 탕이었고, 진짜 돌들로 가장자리를 장식한 큰 탕은 해수탕이었다. 언니들은 불가마로 뜨거워진 몸을 해수탕에 담갔다. 그리고 두 사람은 약속이라도 한 듯 동시에 말했다.

"뿔 언니, 얼른 들어와."

차가운 물일 줄 알았는데, 막상 들어가보니 체온보다 조금 낮은 미지근한 물이라 주연은 편안함을 느꼈다. 배를 하늘로 향하게 돌리니 몸이 둥둥 떴다. 그대로 눈을 감으니 꼭 엄마 배 속으로 다시 들어간 것만 같았다.

"이건 대장 언니가 특별히 공수해오는 진짜 바닷물이야."

얼음 언니가 말했다.

"진짜 바닷물이라고요?"

주연은 그렇게 물으며 코를 물 가까이 가져가보았다. 그러자 정말로 비릿한 바다 향이 났다. 물이 묻은 입술에 혀를 대니 짠맛까지 나는 게 영락없는 바닷물이었다.

"근데 미선관은 가만 보면 버는 돈보다 쓰는 돈이 더 많은 거 같아요." 이쁜 언니가 말했다. "바닷물을 여기까지 끌어오려면 돈이 한두 푼 드는 게 아닐 텐데……. 나야 뭐 이런 쪽으로는 영 감각이 없어서 모르지만, 이렇게 해도 운영이 돼요, 얼음 언니?"

"적자지, 딱 봐도."

"엄마야. 이러다가 문 닫는 거 아니에요?"

"그야 다른 집 같았으면 벌써 닫고도 남았지. 근데 대장 언니네 집은 내가 듣기로는 아주 예전부터 큰 부자였다고 하더라고. 지금은 이래저래 써서 많이 남지는 않은 것 같지만."

"하여간 대장 언니는 참 희한한 사람이라니까. 목욕탕이라는 게 평범하게 운영을 해도 물 값이며 가스비며 억수로 많이 들 텐데…… 미선관 음식 수준 하며 바닷물이며 불가마에 들어가는 참나무며……. 뭐 하나 안 비싼 게 없잖아요. 이런 게 그 말로만 듣던 노블레스 오블리주인가?"

"노블레…… 뭐 그런 어려운 말은 모르겠지만, 대장 언니는 확실히 돈 벌려고 하는 거 같지는 않아. 오히려 쓰려고 하는 거 같지. 이유야 어찌 됐건 우리야 고맙지, 뭐."

"근데 언니도 가게 하면서 번 돈으로 투자 같은 거 하면 더 벌지 않아요? 요즘에는 전업주부들이 다 코인 하고 주식해서 웬만한 직장인들보다 더 번대요."

이쁜 언니의 물음에 얼음 언니는 손사래를 쳤다.

"아이고, 아서. 난 그런 거 절대 안 해. 나야 뭐 못 배워 그런지 몰라도 내가 모르는 거는 무섭더라고. 나는 좀 힘들어도 내 몸 움직여서 버는 게 좋아. 그 외에는 다 내 돈 같지가 않아."

"그러지 말고 남는 돈으로 쪼끔하게 해봐요, 언니."

"이미 분에 넘치네, 이 사람아. 더 바라면 죄 받아. 운이라는 것도 막 쓰면 동이 나. 아껴 써야지. 장사하는 사람이 요행을 바라잖아? 그럼 그걸로 번 거 이상으로 장사에서 날아가는 거야."

운을 아낀다! 늘 자신은 운이 없다고만 생각했던 주연에게 '운을 아낀다'는 말은 그 자체로 신선한 충격이었다. 아무리 열심히 써도 당선되지 않던 신춘문예, 진실하게 사랑했어도 바람피우고 카톡으로 이별 통보나 한 전 남친……. 그럴 때마다 '나는 왜 이렇게 운이 없을까?' 한탄하기만 할 뿐, 어떻게 하면 운이 좋아질지에 대해서는 단 한 번도 생각해본 적이 없었던 것이다. 그런데 정말로 운이 좋은 사람은 운에 대해서 자신만의 구체적인 관점을 가지고 있었다.

"다시 막으로 가자!"

얼음 언니가 말했다. 해수탕을 한 뒤 막에 들어가자 아까보다 몸에서 땀이 더 잘 나는 것 같았다. 그냥 땀이 나는 게 아니라 몸속에 있던 나쁜 기운이 땀과 함께 빠져나가는 듯했다.

"땀이 평소보다 더 잘 나는 거 같아요. 기분 때문인가?"

"삼투압 때문이야."

혼잣말 같은 주연의 질문에 얼음 언니가 단호한 어조로 대답했다.

"삼투압이요?"

"김장철에 굵은 소금에 배추를 절이면 어떻게 돼?"

"물이 빠지죠."

"그지? 물이 빠지면서 배추 식감이 더 탄탄하고 좋아지거든. 해수탕에 들어갔다가 나온 지금 우리처럼."

주연은 팔뚝 살을 꼬집듯 잡았다 놓아보았다. 착각인지 몰라도 전보다 더 쫄깃하고 탱탱한 감촉이 손끝에 전해지는 것 같았다.

"근데 궁금한 게, 평소에는 왜 해수탕에 안 갔어요? 매번 그렇게 하면 더 좋지 않아요?"

주연이 물었다.

"좋은 거일수록 아껴야지."

얼음 언니가 대답했다.

맞다, 운을 아낀다!

주연은 그새 그걸 잊은 것이다. 자기에게 없던 태도는 남에게 들었다고 해서 바로 자기 것이 될 수 없다. 이해하는 것만으론 부족하다. 느껴야 하고 반복해야 한다. 그렇게 주연이 언니들을 따라 해수탕과 불가마를 다섯 번 반복해서 오가고 나자, 온몸의 노폐물이 쫙 빠지고 마치 최고의 김치가 되기 위한 준비를 완벽하게 마친 배추처럼 뽀얘졌다.

"다음 코스 가야지."

얼음 언니의 말에 이쁜 언니는 미소를 지으며 천천히 몸을 일으켰다. 주연은 이번에도 군소리 없이 언니들을 따라갔다.

다음 코스는 세신이었다.

"아까 강남 언니한테 다 예약해놨어."

얼음 언니가 말했다. 오늘처럼 좋은 막을 한 날에는 절대 때를 밀지 않는다는 말을 덧붙이며, 얼음 언니는 강남 언니에게 '막이 좋은 날' 전용 간단 코스를 요청했다. 강남 언니는 세 사람을 동시에 세신베드에 나란히 눕히고는 구름 같은 비누거품으로 온몸을 덮어주었다. 그리고 거품이 채 꺼지기 전에 주연의 머리를 부드럽게 감겨주었다. 그 일련의 과정이 너무나 완벽해서 주연은 마치 꿈을 꾸고 있는 것 같았다.

"뿔 언니, 기운이 바뀌고 있네?" 강남 언니가 주연의 두피를 시원하게 문지르며 말했다. "지금까지랑은 다른, 완전히 새로운 운이 오고 있어."

"새로운 운이요?

주연이 물었다.

"응. 지금까지랑은 운명의 빛깔이 달라. 지금까지 뿔 언니 인생이 고동색이었다면, 이건 희고 푸르달까?"

"희고 푸른 새로운 운? 그게 뭐죠?"

"그야 나도 모르지. 이루고 싶은 꿈일 수도 있고, 새로운 사랑일 수도 있고."

"에이, 사랑은 아닐 거예요."

"왜? 이렇게 젊고 예쁜데? 기다려봐. 분명히 운명의 상대가 나타날 거야."

"그건 이제 완전히 포기했어요."

"원래 끝났다고 생각할 때 오는 거야, 새롭고 좋은 것들은. 아마 그게 왔을 때야 내 말이 믿어지겠지. 그때는 온몸으로 느껴질 테니까."

언젠가 강남 언니가 대장 언니에게만 살짝 털어놓은 바에 의하면, 그녀는 최은숙이라는 자신의 진짜 이름으로 살던 시절, 이유 모를 병에 시달렸다고 했다. 열병을 앓고 전날 꾼 꿈이 다음 날 실제로 일어나는 등 이상한 일들이 이어지자 주위 어르신들이 신병이라며 무당을 만나보라고 했다. 그렇게 만난 무당은 그녀에게 내림굿을 받길 권했지만 그녀는 거부했다. 자기 자신의 뜻이 아닌 다른 존재에게 지배당하면서 사는 건 진짜 삶이 아닌 것만 같았다. 대신 몸을 많이 쓰는 직업을 찾아 헤매다 세신사가 된 것이다. 그녀의 첫 직장은 강남의 한 유명한 찜질방이었다. 그곳에서 그녀는 이름을 날렸고 여러 지역의 찜질방과 불가마 등에 스카우트되면서 '강남 언니'로 불리게 되었다. 신기하게도 사람들의 몸을 닦아주기 시작하면서 어지러운 꿈도, 신병도 사라졌다. 손님들의 몸을 만지고 있으면 아주 가끔 뭔가가 보였는데, 그것이 그들에게 필요하다고 느낄 때면 말해주곤 했다. 그래서 미선관 손님들은 고민이 있을 때면 강남 언니를 찾았다.

"근데 아직 조심해야 될 게 남아 있는데……. 지금 집에서 뭐 악몽 같은 거 꾸거나 그런 거 없어?"

강남 언니의 말에 주연은 깜짝 놀랐다.

"어떻게 아셨어요?"

정말로 이사한 뒤로 악몽을 꾸거나 가위에 눌리는 일이 잦았기 때문이다.

"집 청소 한 번 싹 해줘. 전 주인이 두고 간 것들은 웬만하면 싹 다 버리고. 사람 손 탄 물건, 특히 그 사람이 아끼던 물건에는 정념이 남아 있거든. 그러니까 뿔 언니가 꾸는 그 꿈은 자기 꿈이 아닐 수도 있어. 이 기회에 싹 치워. 그럼 새 운이 들어올 자리가 생길 거야."

세신을 마친 뒤 세 여자는 식당으로 갔다. 막이 좋은 날만 하는 최고의 목욕 마지막 장은 언제나 미역국이었다. 사실 미역국은 찜질방에서 접할 수 있는 가장 흔한 메뉴 중 하나이지만 이 미역국은 조금 달랐다. 아주 맑고 식감이 살아 있어 잇새에서 튕겨 나오는 듯한 싱싱한 미역에, 쫄깃하다는 말로는 부족할 정도로 찰지고 말랑하다는 말로는 표현이 안 될 정도로 보드라운 찹쌀 새알이 들어 있었다. 이 새알이 익는 과정에서 국물에 스민 곡물 향이 맑은 미역국에 구수한 풍미를 더해줬다. 작은 그릇 안에 바다와 평야가 함께 있는 격이었다.

"으음!"

얼음 언니가 짧고 굵은 외마디 감탄사를 내뱉었다.

"어머나! 너무 맛있다. 이거는 신기한 게…… 뭐 별 거 넣은 것도 없는 거 같은데, 가자미며 전복이며 좋은 거 다 때려 넣은 것보다 감칠맛이 더 나요."

그 뒤로 속사포 같은 이쁜 언니의 감상평이 이어졌다. 두 사람의 표현 방식은 정반대였지만 뜻하는 바는 같았다. 이보다 더 좋을 수는 없다는 것. 막이 좋은 날, 최고의 목욕을 하고 최고의 식사를 하는 기분은 글자 그대로 최고였다. 이런 흔한 말이 아닌 좀 더 특별한 말로도 표현할 수 있겠지만, 어떤 기분은 그저 '최고'라는 두 글자가 가장 잘 어울리는 법이니까.

"어머, 꼬들꼬들해. 언니, 나는 이 집보다 더 꼬들꼬들하고 식감 좋은 무말랭이는 못 먹어본 거 같애."

이쁜 언니의 말처럼, 반찬으로 나온 무말랭이는 씹는 맛이 살아 있었고 신선한 향이 입안을 가득 채웠다. 무에도 풍미가 있었던가? 마치 무를 말린 시간만큼의 바람과 해의 향기가 스민 것처럼 깊은 맛이 났다.

"진짜 어디에 손맛 좋은 할매 하나 숨겨놓은 거 아니야?" 얼음 언니가 이쁜 언니의 말에 동의한다는 듯 말했다. "이거는 우리 또래만 돼도 이렇게 못 해. 젊은 사람은 말할 것도 없고. 내가 호텔 한정식 밥도 다 돌아다니면서 먹어봤는데, 그 사람들도 이렇게 못 해. 깔끔하게나 하는 거지."

과연 요식업으로 큰돈을 번 사람답게 그녀는 한번 맛보는 것만으로도 만든 이의 내공을 알아차릴 수 있었다. 그녀는 입 안 가득 밥을 떠 넣었다. 밥도 어찌나 잘 지어졌는지 밥알을 씹자 탱글탱글 살아 있는 식감이 느껴져 그녀는 저도 모르게 눈을 감았다.

"진짜 누굴 앉혀놓은 건지 궁금하단 말이지."

"언니, 제가 한번 캐볼까요? 대장 언니의 비밀 셰프!"

이쁜 언니의 장난스러운 말에 얼음 언니는 감았던 눈을 뜨며 비장하게 대답했다.

"아니다. 순간 나도 혹했는데, 우리 황금 알만 탐내자. 거위는 가만히 내버려두고."

"하긴. 황금 알을 낳는 거위 배를 가르면 이것도 못 먹게 되는 거죠. 근데 진짜 왜 비밀로 하지? 너무너무 궁금하다. 전과자인가? 뭐, 흉악범?"

이쁜 언니다운 발상이었다.

"그건 너무 소설이다."

얼음 언니가 피식 웃으며 말했다.

"그럼요? 언니 생각은 뭔데요?"

이쁜 언니의 질문에 얼음 언니는 미간을 찌푸리며 고민하다 입을 열었다.

"으음……. 이 정도 실력이면 내 생각에는…… 전문 셰프야.

은퇴한 오 성급 호텔 셰프? 근데 대장 언니 애인인 거지! 대놓고 해주면 본인 체면도 있고 하니까. 불가마에서 밥 만든다 할 수는 없을 거 아냐?"

"엄마야! 얼음 언니 상상력이 의외로 로맨틱하다. 엄마, 나 어떡하노. 진짜로 안 어울리고로."

이쁜 언니는 뭐가 재밌는지 입을 가리고 웃기 시작했다. 얼음 언니도 쑥스러운지 간만에 볼을 붉히며 웃었다.

"아니, 왜? 내가 뭐? 뭐가 안 어울려? 어울리기만 하구만. 내가 겉은 이래도 속에는 소녀가 있어요, 이 사람아."

"엄마야, 소녀란다."

"진짜야. 나 넷플릭스로도 〈빨강머리 앤〉만 반복해서 보는 사람이야."

"진짜예요? 〈빨강머리 앤〉 봐요, 언니? 말도 안 된다. 나는 그런 게 넷플에 있는지도 몰랐어요."

"말도 안 돼. 얼마나 재밌는데! 그럼 이쁜 언니는 넷플에서 뭐 보는데?"

"저요? 저는 뭐…… 〈셜록〉, 〈홈랜드〉, 〈웬즈데이〉…… 뭐 그런 거?"

"그게 다 뭐야? 나는 그런 거는 본 적도 없어."

그때 두 사람의 대화를 잠자코 듣고 있던 주연이 끼어들었다.

"전부 다 사건 해결하는 거네요."

순간 이쁜 언니는 꼭 치부라도 들킨 것처럼 뜨끔한 표정을 지었다. 그러다 얼음 언니가 "역시 형사는 뭐가 달라도 다르네."라고 말하자 어깨를 한 번 으쓱해 보이고는 물었다.

"그럼 얼음 언니는 또 뭐 봐요? 〈빨강머리 앤〉 말고?"

"나? 나야 뭐……. 〈브리저튼〉이나 〈에밀리, 파리에 가다〉!"

"그건 다 로코네요."

주연이 다시금 끼어들었다.

"그지. 난 달달한 것만 봐."

"엄마야." 이쁜 언니가 말했다. "진짜 우리 언니 겉만 퉁명스럽지, 속은 말랑말랑 애기네."

"떼끼! 곧 손주 볼 나인데 애기라니!"

언니들은 웃음을 터뜨렸다. 주연도 함께 웃었다. 세 사람은 뭐가 그리도 웃긴지 간만에 배를 잡고 웃었다. 웃음은 참 신기하게도 관성이 있어서 한번 웃으면 계속 웃게 된다. 그렇게 세 여자는 별 웃긴 것도 없는데 눈물까지 흘리며 웃었다. 바로 그 웃음의 관성이 놓은 덫에 걸린 것이다. 웃다 보니 괜히 더 웃기고, 그렇게 웃는 자신이 웃겨서 자꾸 더 웃고, 또 그렇게 웃다 보니 온몸이 웃는 것을 멈출 수가 없어서 웃었다. 그렇게 끝도 없는 웃음의 여운을 안은 채 주연은 미선관 문을 나섰다. 그리고 웃음기가 채 가시기도 전에 민진의 톡을 받았다.

— 완전 니 스탈이지?

거기엔 웬 남자 사진이 첨부되어 있었다.

— 전혀.

— 살 봐봐. 샌님 같은 얼굴에 은테 안경, 체크무늬 남방에 면바지, 전형적인 공돌이인데 은근 훈남. 완전 니 스탈 아냐?

뭐가 자꾸 자신의 스타일이라는 건지, 주연은 사진을 아무리 들여다봐도 알 수가 없었다.

— 니가 뭔 춘향이냐? 이제 수절은 그만하시고 소개팅 쫌 하지.

수절이라니. 딱히 새로운 연애를 하고 싶다는 생각이 들지 않았을 뿐이었다. 하지만 하나의 연애가 끝나면 이어 달리기를 하듯 끊김 없이 다음 연애를 시작해야 하는 민진에게는 그렇게 보일 수도 있겠다 싶었다. 아무튼 주연이 진남과 헤어졌다는 소식을 들은 후로 민진은 자꾸만 남자 사진을 보냈다. '이 남자 어때? 완전 니 스탈이지?'라는, 늘 같은 멘트와 함께.

지금 보낸 사진 속의 남자가 벌써 다섯 번째 남자였고, 주연은 앞서 보내온 네 명의 남자를 모두 거절했는데 그때마다 민진의 일장연설을 들어야 했다. 한 남자만 줄곧 만난 연애는 사실상 연애가 아니다. 그런 연애만 하다가 연애를 쉰다? 그건 연애 세포 사망, 그 이상이다. 만날 수 있을 때 최대한 만나봐야 다음엔 진남이 같은 똥 안 밟는다. 연애는 결국 확률 싸움이다. 공부도 나보다 잘한 애가 그것도 모르냐? 네가 그렇게 소극적이니까 좋은 남자를 만날 수 없는 거다 등등……. 민진의 잔소리는 끝이 없었고, 또 어디선가 들어본 말들이었다. 주연은 카톡 창을 한동안 바라보다 답신을 썼다.

— 이제는 남자의 '남' 자도 보기 싫다.

그리고 전송 버튼을 누르려는데 갑자기 강남 언니의 말이 생각났다.

'운명의 상대가 나타날 거야.'

주연은, 지우고 다시 썼다.

— 알았어, 할게. 대신 이번에 하면 잘되든 안 되든 더 권하지 마.

집으로 돌아온 주연은 옷도 갈아입지 않고 청소를 시작했다. 입주 청소도 하지 않은 채 들어온 집이라 곳곳에 묵은 먼지가 쌓여 있었다. 매일 보면서도 다 닦아낼 엄두가 나지 않아 방치했었다. 창틀에 굳어 있는 검은 먼지를 물에 불려서 닦아내자, 알루미늄 새시의 맨몸이 드러났다. '원래는 이렇게 반짝거렸구나!' 싶어 미안한 마음이 들었다. 처음부터 더러운 물건은 없다. 시선이, 또 마음이 닿지 않는 곳에 먼지가 쌓이고 굳어져 더러워진 것일 뿐. 주연은 자신의 운명도 원래의 반짝임을 되찾기를 바라며 창틀을, 수챗구멍을, 세면대의 수전을, 현관 바닥을 닦고 또 닦았다.

그날 밤, 꿈속에서 주연은 미선관에 있었다. 엄밀히 말하면 그곳은 미선관이긴 한데, 지금의 미선관은 아니었다. 탈의실은 증축한 휴식 공간과 식당 공간은 없이 딱 옷 갈아입는 곳만 있었고, 기물들은 하나같이 한 번도 쓰지 않은 새것처럼 보였다. 대욕장 벽면을 장식하고 있는 색 타일들도 바래지 않은 원래의 빛으로 선명하게 반짝였다. 주연은 어찌 된 영문인지 몰라 어리둥절해하며 온탕에 몸을 담갔다.

"참 예쁜 몸을 가지고 있네요."

그때 어디선가 나타난 중년 부인이 말했다. 천창을 통해 들어온 햇살이 피부가 유난히 흰 그녀의 머리 위로 쏟아지고 있었다. 물에 젖은 그녀는 수채화처럼 맑게 미소 지었다. 그 모습이 명화 속 여인처럼 신비로웠다.

"감사합니다."

주연은 자기도 모르게 부끄러워서 가슴을 가렸다.

"나도 그랬어요. 아가씨처럼 젊을 땐 예쁜 줄도 모르고 가리고만 살았어. 근데 지나고 보니까 너무 귀한 거였어요. 그렇게 귀하고 금세 사라지는 건 줄 알았다면 자랑도 좀 하고 그랬을 텐데……."

그 말을 마치고 그녀는 물속으로 들어갔다. 한참이 지나도 나오지 않자 주연은 이상하다는 생각에 물속으로 따라 들어갔다. 물은 생각보다 깊었다. 분명 발을 바닥에 디딘 채 돌 의자 위에 앉아 있었는데, 물속으로 머리를 집어넣자 무슨 일인지 몸이 한없이 물 밑으로 가라앉았다. 그런데 이상한 건 조금도 숨이 막히거나 답답하지 않다는 것이었다. 어느새 주연은 경계가 보이지 않을 정도로 큰 물 안에 있었고 눈앞에서 고래한 마리가, 그것도 아주 큰 고래가 자신을 바라보고 있었다. 물은 따뜻했고, 아가미가 돋아나기라도 한 건지 숨은 물 밖에서보다 더 편하게 쉬어졌다. 고래는 오래 못 본 친구를 만난 것처럼 조금도 무섭지 않고 애틋하기만 해서, 주연은 물속이라는 것도 잊은 채 아주 오래도록 그렇게, 고래를 바라보았다.

운명을 사는 불가마 쇼핑

어떤 사람의 면모를 제대로 알고 싶다면 그가 어떤 일들을 해왔는지보다 어떤 일들을 회피해왔는지를 알아보는 게 더 좋을 것이다. 그 속에는 남들에게 말하지 못하는, 어쩌면 자기 자신조차 알지 못하는 두려움이 숨겨져 있기 마련이니까.

"뿔 언니, 진짜 소개팅 한 번도 안 해봤어?"

이쁜 언니의 놀란 얼굴 앞에서 주연은 그게 왜 놀랄 일인지 전혀 몰라 어리둥절했다.

"네, 이번이 처음인데요?"

방금 찜질을 마치고 나온 이쁜 언니가 팔뚝에 맺힌 땀을 손으로 문지르며 다시 물었다.

"아니, 대체 왜?"

"어쩌다 보니 그렇게 된 거 같은데요?"

"그런 게 어딨어? 뿔 언니 정도면 소개팅 해준다는 사람들 많았을 거 같은데."

"많지는 않아도 아주 없는 건 아니었는데 다 거절했어요. 오늘 처음 만난 사람한테 내가 어떻게 살아왔는지, 내 부모님의 직업이라든지 집, 재산 같은 것들에 관해 다 털어놓아야 한다는 게 꼭 벌칙 같아서요."

주연의 말에 이쁜 언니의 눈이 놀란 토끼 눈이 되었다.

"그게 소개팅의 묘미지. 관계의 고속도로! 액셀 밟고 시속 백오십으로 쏘는 거지. 그럼 데이트 비용 여러 달 쓸 것 없이 밥 한 끼 하면서 웬만큼 다 알 수 있잖아."

주연 역시 이쁜 언니의 말에 놀란 고양이처럼 눈을 크게 떴다. 단 한 번도 그런 식으로 생각해본 적이 없었던 것이다. 낯선 사람에게 어쩌면 자신의 치부라고 할 수도 있는 가정사까지 털어놓으며 평가받아야 한다는 게 마냥 불편하게 느껴졌었다. 자존심 상하는 일 같기도 했고. 근데 이쁜 언니의 말을 듣고 생각해보니 어차피 서로 알 게 될 거라면 빨리 아는 게 더 좋을 수도 있겠다 싶었다.

"그런 식으로 생각할 수도 있구나. 신기해요!"

"나는 뿔 언니가 더 신기한데? 말하는 게 뭐 힘들어? 수다 좀 떠는 건데."

"솔직히 저는 상상만 해도 꼭 물에 빠진 것처럼 숨이 막히거든요."

"진짜?" 그제야 이쁜 언니는 웃음기를 거두었다. "그래, 그 정도로 힘든 거면 한번 이렇게 생각해봐. 소개팅 나가는 뿔 언니는 사실 미래에서 타임머신을 타고 온 거라고."

"타임머신이요?"

"응. 그리고 그 소개팅 상대 남자는 미래의 남편인 거야."

"모르는 사람인데요?"

"그러니까 가정이지, 상상. 지금은 모르지만 미래에는 잘 알겠지. 내가 사랑해서 결혼하고 애도 같이 키우고 오손도손 늙어갔다고 상상해보는 거지. 그럼 과거로 돌아가서 그 남편 젊은 모습을 보는 게 되잖아. 어때? 그렇게 생각하니까 좀 할 만하지 않아?"

"솔직히 모르겠어요. 그렇게 상상까지는 할 수 있겠지만 진짜라고 믿어지지는 않아서……."

그때 새로 들어온 물건을 정리하느라 진열대 앞으로 나와 있던 액세서리 언니가 정리 중인 진주 목걸이를 손목에 건 채 대화에 끼어들었다. 액세서리 숍 사장인 그녀를 손님들은 자연스럽게 '액세서리 언니'라고 불렀다.

"우리 이쁜 언니는 왕년에 소개팅 좀 해봤나 봐?"

"저요? 저로 말할 거 같으면 대학 때는 미팅하러 전국 빵집이란 빵집은 다 가봤고, 결혼 적령기에는 선보러 안 가본 호텔이 없는, 두 말 하면 입 아픈 소개팅의 여왕 아니겠어요?"

"어머! 그 정도야? 대체 왜 그렇게 많이 했어?"

"재밌잖아요. 새로운 사람 만나서 이런저런 이야기 나누는 게. 저는 소개팅 하고 오빠, 동생 하거나 친구 한 사람도 많아요."

"하여간 붙임성 하나는 알아줘야 한다니까."

"근데 언니, 이쁜 거 억수로 많이 들어왔네요!"

그렇게 말하며 이쁜 언니는 액세서리 언니의 손에 들린 목걸이 중 두 개를 골라 쥐고는 거울 앞으로 걸어갔다.

"이번 가을 신상들. 예쁜 게 너무 많아. 이거 함 입어봐. 가을엔 요런 제대로 된 버버리 하나면 끝이야, 끝. 안에 뭘 입어도 차려입은 느낌으로 연출할 수 있거든."

액세서리 언니는 어느덧 두 번째 목걸이를 걸어보고 있는 이쁜 언니의 어깨에 트렌치코트를 걸쳐주었다.

"진짜! 너무 예쁘다. 언니, 저 이거 입어봐도 돼요?"

"그럼! 이렇게 종아리를 덮는 롱 트렌치는 우리 이쁜 언니처럼 훤칠한 사람이 입으면 실패가 없지." 액세서리 언니는 이쁜 언니가 입어볼 만한 옷들을 몇 벌 더 고르며 말을 이었다. "우리 때는 선 같은 걸 봐도 너무 많이 하면 좀 점잖지 못하다고 생각하는 분위기가 있었거든. 근데 요즘 사람들은 백 명이고 이백 명이고 딱 내 맘에 드는 사람 나올 때까지 만나보더라고. 그게 더 합리적인 거 같애. 괜히 체면 차리다가 잘 맞지도 않는 사람이랑 결혼해서 평생 한숨 속에 사는 것보단. 옷이야 작으면 늘이고 크면 줄이면 되지만 사람은 고쳐 쓰는 거 아니라잖아."

잠시 후 호피 무늬 원피스에 트렌치코트를 걸친 이쁜 언니가 힐까지 신은 채로 주연 앞으로 걸어왔다.

"언니, 너무 섹시해요! 진짜 딴사람 같아요."

주연의 감탄사에 액세서리 언니도 함께 손뼉을 치며 좋아했다.

"맨날 찜질가운 입은 모습만 보다가 제대로 된 옷 입은 거 보니까 사람이 달라 보이지?"

정말 그랬다. 옷걸이에 걸려 있을 때는 이 정도로 멋진 옷이라는 생각은 안 들었는데, 이쁜 언니가 입는 순간 몇 배는 더 좋은 옷처럼 보였다. 역시 사람이든 물건이든 자신이 빛나는 자리를 찾아야 한다. 그래야 자신이 누구인지 제대로 보여줄 수 있으니까.

"언니, 이거 얼마예요? 싸게 쫌 주세요, 언니."

이쁜 언니는 마치 자신의 옷인 양 트렌치코트를 벗지 않은 채 애교 섞인 목소리로 물었다.

"원래 열다섯 장은 받아야 되는 건데 열 장만 줘. 이거는 딱 자기 옷이라 마진 없이 원가에 주는 거야."

액세서리 언니가 기분 좋게 대답했다.

"진짜요?"

이쁜 언니는 아이처럼 신이 나서 어딘가로 갔다. 트렌치코트 뒷자락이 마치 여우 꼬리처럼 팔랑거리며 춤을 췄다. 모르긴 몰라도 자신이 입고 온 옷 위에 걸쳐보고 싶어서 급히 캐비닛으로 갔을 것이다.

"그래서 우리 뿔 언니는 소개팅에 뭐 입고 갈 거야?"

액세서리 언니가 혼자 남은 주연에게 물었다.

"그냥 평소에 입던 거요."

"그래? 평소에 어떤 스타일로 입는데?"

"그냥 평범한 거요. 주로 검은 티에 면바지나 청바지."

"근데 왜 하필 검은색이야?"

"밝은 색은 오래 입으면 너무 낡은 티가 나더라구요. 보풀도 잘 보이고."

주연의 대답을 듣고 액세서리 언니는 주연이 평소에 얼마나 꾸미는 것에 관심이 없는지 금세 알아챘다.

"그지? 밝으면 뭐든 더 잘 보이는 법이지. 때도 잘 보이고, 보풀도 잘 보이고, 또 그 옷을 입은 사람도 더 잘 보이고." 액세서리 언니가 계속 말했다. "그래서 흰색이 진짜 멋쟁이들만 입는 색이야. 주인공 색이기도 하고, 숨고 싶거나 떳떳하지 못한 사람은 절대 못 입는 색이기도 하지. 왜, 그 돌아가신 앙드레 김 선생님두 흰 옷만 입으셨잖아."

잠시 침묵이 흐른 뒤 액세서리 언니가 이번에는 주연의 손목을 움켜쥐며 다시 말했다.

"그러지 말고, 일로 들어와서 구경 좀 해봐."

"아뇨. 전 괜찮아요."

"에이그, 그러지 말구 그냥 구경만 해. 하나도 안 사두 되니까."

액세서리 언니가 막무가내로 잡아끄는 바람에 주연은 마치 작은 물고기가 물결에 휩쓸려 고래의 입 속으로 들어가듯 그렇게, 가게 안으로 빨려 들어갔다.

액세서리 숍 앞을 지나치지 않고 미선관에 들어올 수 있는 손님은 없었다. 입구에서 캐비닛으로 가는 길목에 문도 벽도 없이 사방이 개방된 형태로 자리 잡고 있었기 때문이다. 의연하게 가던 길을 가는 손님도 더러 있었지만 열에 여덟아홉은 걸음을 멈춘 채 반짝이는 것들에 시선을 빼앗기곤 했다. 씻으러 왔다는 사실마저 잊고서 한두 시간씩 쇼핑에 심취하는 손님도 드물지 않았다. 액세서리 언니의 안목이 워낙 좋아 혼자서는 찾기 힘든 물건을 구해오는 데다, 마진도 적어서 밖에서 사는 것보다 가격이 더 좋았다. 게다가 목욕하러 와서 즐기는 쇼핑에는 백화점이나 몰에서는 기대할 수 없는 특별한 편안함이 있었다. 우선 목욕탕이라는 공간은 어차피 옷을 벗는 공간이기에 탈의실 같은 건 따로 필요 없었다. 아무 데서나 편하게 옷을 입어볼 수 있는 것이다. 마음의 장벽이 허물어진 손님들은 편하게 이 옷 저 옷 입어보고, 뭐가 어울리나 서로 봐주기도 했다. 혼자 쇼핑을 가면 누릴 수 없는 많은 재미와 편의를 이곳에서는 충분히 누릴 수 있었다.

자신의 의지와 상관없이 가게 안으로 발을 들여놓은 주연은 많은 물건들 앞에서 꼭 벌을 서는 어린아이처럼 두 손을 가지런히 포갠 채 서 있었다. 반짝이는 것들이 너무 많아 무엇부터 봐야 할지 도무지 감을 잡을 수가 없었다.

"우리 뿔 언니는 요런 거를 좋아할 것 같은데⋯⋯. 한번 해봐!"

액세서리 언니는 심플한 다이아 형태의 원 포인트 귀걸이와 목걸이를 주연에게 권했다. 과하지 않은 디자인이라 평소 액세서리를 즐기지 않는 주연의 눈에도 부담스럽지 않고 예뻐 보였다.

"봐봐. 별 거 아닌 거 같애두 아무것도 안 했을 때랑은 확실히 다르지? 크기도 작고 비록 진짜 다이아는 아니지만 그래도 반짝이는 게 귓불에 얹어지니까 눈동자가 더 빛나 보이잖아. 그래서 여자는 귀걸이만 해도 1.5배 예뻐진다는 말이 있는 거야.”

액세서리 언니의 말을 듣고 보니 주연은 거울 속 자신의 눈동자가 정말로 아까보다 조금 더 또렷해 보였다. 귀걸이의 반짝임이 진짜로 그러한 시각적 효과를 불러일으킨 건지 아니면 단순한 기분 탓인지는 알 수 없었지만, 그저 단순한 기분 탓이라고 해도 한순간에 이 정도의 효과를 낼 수 있다는 건 대단하다는 생각이 들었다.

“이런 것도 한번 해봐. 뿔 언니가 좋아하는 스타일은 아니지만.”

액세서리 언니는 이번에는 거의 손가락 두 마디는 되어 보이는 커다란 옐로우 골드 색의 귀걸이를 주연에게 권했다.

“생각보다 가볍네요.” 주연이 말했다.

“그치? 볼드하고 화려하지만 속이 비어 있어서 가볍고 착용감이 아주 좋아요. 어디 보자. 이건 또 느낌이 완전히 다르지? 심플하게 입고 이런 걸로 포인트 빡! 주니까 어때? 이렇게 보니까 우리 뿔 언니 완전히 자신감 있고 유능한 커리어우먼 같은데?”

주연은 마치 이집트나 신라시대 벽화에 그려져 있는 여자처럼 보이는 자신의 얼굴을 낯설게 들여다보았다. 귀걸이 하나 바꿨을 뿐인데 거울 속의 여자는 자신과는 달리 하고 싶은 말은 다 하고, 먹고 싶은 건 다 먹으면서 살 것처럼 보였다. 목소리도 크고, 웃음소리는 그보다 더 클 것 같았다.

"어느 쪽이 좋아?"

"작은 거요."

"뿔 언니 안목이 좋네. 내 생각도 그래. 지금 이건 너무 커서 소개팅 나가면 남자들이 무서워해. 센 언니 나왔구나, 하고 뒷걸음질 치는 거지. 원 포인트 귀걸이는 한 듯 안 한 듯 생기를 더해주니까 꼭 이번에만 착용하는 게 아니라 데일리로 할 수 있지. 쓰다가 도금 벗겨지거나 클로징 부분 고장 나면 에이에스는 평생 무상으로 되니까 편하게 나한테 가져오구."

"브랜드 제품도 아닌데, 에이에스까지 무상으로 돼요?"

"그럼. 업체들이랑 워낙 오래 거래를 터놔서. 내가 살아 있는 동안은 무조건 돼."

"얼마예요?" 주연은 가격을 물었다.

"목걸이까지 세트로 해서 이만 원만 줘."

"그렇게 싸요?"

"특별히 싸게 주는 거야. 이거 은에다가 십팔 케이 도금한 거라 공임비며 재료비며 만만치 않거든."

뭔가를 본다는 건 참 이상한 일이다. 아무런 애정이 없던 것도 일단 보기 시작하면, 바라본 시간만큼 애정이 생긴다. 흔히 마음의 눈으로 본다는 말들을 하지만, 그 마음의 눈도 우선은 육체의 눈을 거쳐야 뜨이는 게 아닐까? 주연은 늘 액세서리 숍 맞은편에 놓인 작은 테이블에 앉아 글을 쓰면서도, 거기 있는 물건들을 갖고 싶다는 생각을 한 적이 없었다. 제대로 시간을 들여서 바라보지 않았기 때문이다. 그걸 보게 되면 갖고 싶어질까 봐 아예 구경조차 하지 않았었다.

"뿔 언니 손목은 희고 가늘어서 이런 게 아주 잘 받아." 액세서리 언니는 역시 모조 다이아가 세팅된, 페이스가 작은 금장 시계를 주연의 손목에 채워주며 말을 이었다. "한번 봐봐. 막상 차보니까 그냥 볼 때랑 다르게 잘 어울리지?"

"네. 신기해요."

"그러게. 참 신기해. 이 작은 게 뭐라고 이렇게 행복해지는지."

주연은 처음엔 들어가지 않으려 했던 곳에서 시간이 가는 것도 잊어버린 채 이미 푹 빠져들어 있었다. 그런 주연을 보며 액세서리 언니는 흐뭇한 미소를 지었다.

액세서리 언니의 특별한 안목으로 고른 물건들은 누구라도 설레게 만들었다. 미선관에 액세서리 숍을 열기 전, 그녀는 비록 평범한 주부로 살아왔지만 살림을 하면서도 디자이너가 되는 상상을 종종 하곤 했다. 그중 '양옥자'라는 자신의 이름 세 글자를 그대로 딴 브랜드가 백화점 명품관에 입점하는 상상은 그녀가 가장 좋아하는 레퍼토리였다. 정말로 그렇게 대단한 사람이 될 수 없다는 건 스스로도 잘 알고 있었지만 꿈꾸는 순간만큼은 새 시즌을 준비하는 디자이너가 된 것처럼 진지하게 상상에 임했다. 구체적으로 어떤 콘셉트로 가야 할까? 주로 사용하는 소재는? 가방은 미니백 위주로? 아니면 물건을 좀 넣을 수 있는 미디움 사이즈로? 액세서리는 볼드하게? 심플하게? 그녀는 스무 살 때부터 모아온 패션 잡지를 펼쳐서 종이인형 놀이를 하듯 마음에 드는 룩들을 오려서 매칭해보곤 했다. 그렇게 만든 그녀만의 룩북이 쌓여갔고, 그녀는 디자이너에 비할 바는 아니지만 자신만의 안목을 가지게 되었다.

"여기쯤 자리 하나 만들 수 있을 거 같은데, 언니가 옷이나 장신구 같은 거 한번 팔아보면 어때요?"

미선관의 단골손님이었던 그녀에게 대장 언니가 먼저 제안을 했다. 살림 외의 다른 일은 해본 적 없는 그녀에게 장사를 시작한다는 건 쉬운 일이 아니었다. 선뜻 용기가 나지 않았다. 실패할까 봐 두렵기도 했다.

"자리 잡을 때까지 임대료는 안 받을게요. 우선 물건 떼 오는 비용 정도만 가지고 시작해봐요. 월세는 수익 안정적으로 나면 그때부터 주는 걸로 하고."

대장 언니 덕분에 시작한 액세서리 숍은 손님들의 큰 사랑을 받았다. 목욕탕에 왔다가 쇼핑까지 할 수 있으니, 그야말로 일석이조였던 것이다. 여덟 평 남짓의 작은 공간은 마치 보물 상자처럼 반짝이는 것, 포근한 것, 하늘하늘한 것들로 가득했다. 하나씩 몸에 걸치다 보면 여자들은 꼭 종이인형을 가지고 놀던 어린 시절로 돌아간 것만 같다고 했다. 흔히 쇼핑을 하는 이유를 '물욕' 때문이라고들 하지만, 단순히 물욕이라는 말만으로는 설명할 수 없는 아이같이 순수한 기쁨이 거기 들어 있었다.

주연은 이런 쇼핑의 즐거움을 알지 못했다. 꼭 필요한 것들만 인터넷으로 구입했기 때문이다. 선택의 기준은 주로 가성비! 후기를 꼼꼼하게 읽어보고 품질이 좋으면서 저렴한 것들 위주로 샀다. 옷이나 가방을 오래 사용하기 위해서 주로 무채색, 그중에서도 때가 잘 타는 흰색이나 밝은 베이지색보다는 검은색이나 짙은 회색을 선택했다.

"사치하지 않고 절약하며 사는 건 진짜 잘하는 거야. 젊은 사람이 아주 대견해. 근데 지금 뿔 언니한테 진짜 필요한 게 뭔지 알아?"

액세서리 언니가 주연에게 물었다.

"돈이요?"

"물론 돈 좋지. 근데 돈이 있어도 이게 없음 소용이 없어."

"그게 뭔데요?"

"필요하지 않은 걸 필요로 하는 마음."

주연은 그녀의 대답을 들었을 때, 그게 뭐지 싶었다. 솔직히 그런 마음이 왜 필요한 건지 선뜻 이해가 되지 않았고, 동의할 수도 없었다. 굳이 필요하지 않은 걸 가지려고 하는 건 돈과 시간의 낭비다. 그런 것들을 줄이는 게 지금까지 주연이 살아온 방식이었다. 주연의 생각을 읽은 듯 액세서리 언니는 눈을 찡긋해 보였다.

"그래. 뿔 언니는 이런 말 싫어할 줄 알았어. 괜히 막 사치하라는 거 같고, 거부감 들고 그렇지? 근데 물건이 길이 될 수 있다는 걸 알면 생각이 좀 바뀔걸?" 액세서리 언니는 하이힐을 들어 보이며 이야기를 이어갔다. "한 번도 하이힐을 신어본 적 없고, 또 필요하다는 생각조차 해본 적 없는 누군가가 그것을 신는다면 어떻게 될까? 그땐 바로 '그 하이힐'에 어울리는 펜슬 스커트가 필요해지는 거지. 그렇게 '그 옷'을 입으면 지금까지 가보지 않았던, 그 옷이 어울리는 어딘가로 가보고 싶어지는 거고. 그렇게 바로 '그곳'에서 인생을 바꿀 누군가를 만날 수도 있는 거 아니겠어? 그러니까, 너무 그렇게 나쁘게 생각하지만 말고, 이거 한번 입어봐."

액세서리 언니가 가져온 옷은 정말이지 주연이 한 번도 입어본 적이 없는 디자인의 원피스였다. 하늘하늘한 쉬폰 소재에 무려 꽃무늬가 수놓인 핑크색 원피스! 우선 주연은 치마 자체를 잘 입지 않는데, 입더라도 무릎 기장의 미디스커트 같은 심플한 것들을 입을 뿐 원피스는 사절이었다. 어딘지 남의 옷 같달까? 그런데 그냥 원피스도 아니고 쉬폰이라니! 게

다가 핑크는 주연이 가장 꺼리는 색이었다. 핑크색 옷을 입은 여자들을 볼 때면 정말이지, "나는 여자다! 그것도 수많은 '그냥' 여자들과는 다른 '진짜' 여자다!"라고 외치는 것만 같아 민망하기 짝이 없었다. 그렇게 외치지 않아도 이미 여자라는 건 세상 사람이 다 알고 있는데, 왜 색상까지 핑크를 골라야 하는 건지 도무지 이해할 수 없었다. 꽃무늬는 더 말할 것도 없었다. 꽃은 길가에 피어 있는 것만으로도 충분한데, 그걸 굳이 자신의 몸에까지 피울 필요는 없는 것 아닐까?

"이런 하늘하늘한 소재는 처음이지? 안 입는 사람들은 또 절대 안 입는 게 이런 옷인데, 싫어도 딱 한 번만 입어봐. 우리 뿔 언니는 뼈대가 가늘고 어깨 라인도 여성스러워서 이런 옷을 입으면 인물이 확! 살 거 같애."

옷을 사라는 것도 아니고 그냥 한 번만 입어보라고 이렇게까지 어른이 이야기하는데, 더 무시할 수도 없어서 주연은 못 이기는 척 가운을 벗고 원피스를 입었다. 그런데 옷을 입고 어색하게 거울 앞에 서는 순간! "어머머! 이게 누구야?" 하고 달려온 이쁜 언니를 비롯해서 "뿔 언니! 평소보다 다섯 배는 예뻐 보인다."라고 말하며 지나가는 강남 언니와 "역시! 내 눈은 틀리지 않았어."라고 흐뭇해하는 액세서리 언니를 포함한 모든 언니들보다 더 놀란 건 주연 자신이었다. 이런 것이 나와 어울릴 리 없다고, 입어보지도 않고 혼자 단정하며 선을 그었던 그 옷이 실은 자신에게 딱 맞는 옷이었다는 걸 두 눈으로 확인한 것이다. 그 옷을 입은 자신의 모습은 인정하기 싫지만 정말이지 꽤나 괜찮아 보였다. 하물며 젖은 머리를 틀어 올려 상투를 틀고 있는데도!

순간 주연은 뒤통수를 뭔가로 세게 얻어맞은 기분이었다. 자신이 더 아름다워지고 행복해지는 걸 막고 있는 건 다른 누구도 아닌, 주연 자신이었던 것이다. 이 옷 말고도 또 얼마나 많은 것들을 막고 있었을까? 자신이 허락하기만 하면 삶은 얼마든지 더 아름다워질 준비가 되어 있었다. 다만 제 스스로 가장 질이 나쁘고 어울리지 않는 칙칙한 옷 같은 것들로 삶을 가득 채웠을 뿐.

"이럼 몇 배는 더 이쁠 거 같은데!"라고 말하며 액세서리 언니가 틀어 올린 머리를 고정하고 있던 고무줄을 풀자 언니들은 하나같이 감탄을 아끼지 않았다. 주연의 긴 머리가 원피스와 너무 잘 어울렸기 때문이다.

"젊음이 좋다."

"나도 저런 옷이 어울리는 때가 있었지."

언니들의 부러움은 입에 발린 말이 아니라 본능적인 것이었다. 그 옷을 입은 주연의 모습이 자신들의 지나간 시간을 떠오르게 했던 것이다. 세상 모든 늙은 여자는 한때 젊은 여자였다. 하지만 그 젊은 여자들 중 미래의 늙은 자신이 지금의 자신을 그 어떤 옛사랑보다 더 그리워하게 될 거라는 걸 아는 이가 몇 명이나 될까. 언니들은 이제는 자신의 것이 아닌, 바로 그 눈부시게 아름답고 하늘하늘했던 지나간 시간을 주연을 통해 보고 있었던 것이다.

"이거는 딱 뿔 언니 거다. 선물로 줄게."

액세서리 언니가 말했다.

"아니에요! 제가 살게요."

주연은 다급하게 사양했다.

"아냐. 이건 내가 주는 게 아니고, 이 옷이 제 주인을 찾아가게 돕는 것뿐이야."

두 손을 내저으며 거듭 사양의 뜻을 밝히던 주연이 결국 고개를 숙이며 감사를 표하자, 액세서리 언니는 갑자기 가게 한쪽의 진열장을 뒤지기 시작하더니 이윽고 물건 두 개를 들고 주연 앞으로 다시 돌아왔다. 반짝이는 에나멜 소재의 발레리나 슈즈와 인형이 들 법할 정도로 작은 미니백이었다. 주연이 신발을 신고, 가방을 손에 들자 비로소 룩이 완성된 것 같았다.

"그래, 이거지!"

액세서리 언니의 얼굴에는 성취감이 가득했다. 마치 명작을 탄생시킨 작가의 긍지 같은 것이 그녀에게서 느껴졌다.

"저, 근데…… 감사하긴 한데…… 저는 이거 없어도 될 거 같아요."

"돈 걱정은 마. 사라는 말 안 할 테니까."

"주시는 것도 안 돼요. 이미 너무 받아서……."

"얼씨구! 그게 다 얼만데 뿔 언니한테 그냥 주겠어? 나도 장사꾼이네요. 그냥 소개팅 때 딱 한 번씩 들고 나갔다 와. 빌려줄게. 일종의 협찬이라고 생각하고. 뿔 언니가 가져갔던 건 내가 쓰지 뭐. 마침 발 사이즈도 나랑 똑같네."

"그것도 너무 죄송한데……."

"죄송한 게 아니라, 고마운 거겠지. 그지?"

"……네."

"자꾸 죄송해하면 앞으로 또 죄송할 일만 생기지만, 같은 일도 감사하면 또 감사할 일이 생기거든."

액세서리 언니는 지금의 주연에게서 과거의 자신을 봤다. 신세 지는 걸 죽기보다 싫어하고 도움을 받으면 고맙다는 인사보다는 죄송하다는 말이 먼저 나오던 과거의 자신을. 그 시절에는 정말이지 이상하게도 죄송할 일만 계속 일어났었다. 하지만 액세서리 언니는 이제 운명에도 관성이 있다는 걸 알게 되었다. 사실 그건 대장 언니 덕분이었다. 대장 언니는 액세서리 언니가 어려울 때 손 내밀어주고, 그 손을 잡은 그녀에게 '좋은 일이 생기면 사과가 아닌 감사'를 해야 한다는 걸 알려준 사람이었다. 액세서리 언니는 대장 언니에게 받은 걸 지금 그대로 주연에게 돌려주고 있는 것이었다.

"그렇게 미안해할 거 없어. 나는 그냥 감사받고 싶어서 이러는 거니까."

당시 대장 언니가 했던 그 말을 이제는 자신이 하고 있었다.

"감사합니다."

그러자 당시 자신이 어색하게 내뱉었던 말이 주연의 입을 통해 자신에게 그대로 되돌아왔다.

한편 주연은 흐뭇한 표정을 짓고 있는 액세서리 언니를 바라보며 생각했다. 언젠가 기회가 된다면 자신도 누군가에게 그녀와 같은 말을 해줄 수 있는 사람이 되고 싶다고. 지금 자신의 마음을 움직이고 있는 '감사의 고리'에 얽힌 역사는 몰랐지만, 이미 그 안에 단단하게 묶이고 만 것이다.

다음 날 주연이 버스를 한 번, 지하철을 두 번 갈아타고 도착한 곳은 강남의 번화가였다. 왕복 10차선 도로부터 하늘에 닿을 듯 높이 치솟은 건물들까지 모든 게 주연이 살고 있는 동네보다 족히 서너 배는 컸다. 약속 장소는 주연으로서는 이름만 몇 번 들어본 적 있는 오 성급은 되어 보이는 호텔의 로비 라운지였는데, 주연은 약속 시간보다 삼십 분 일찍 도착했다. 세상에는 두 종류의 사람이 있다. 생소한 곳에 약속이 잡혔을 때 예상 시간을 잘못 계산해 늦는 사람과, 늦을까 봐 서두르는 바람에 지나치게 일찍 도착하는 사람. 주연은 언제나 후자였다. 기다리는 게 마냥 즐거운 일은 아니지만, 남을 기다리게 하는 것에 비하면 그리 힘든 일도 아니었다. 누군가 자신을 기다리고 있다고 생각하면 꼭 체한 것처럼 불편했기 때문이다.

주연은 그 호텔에서 가장 싼 메뉴인 기본 커피를 주문했다. 한 잔에 무려 만 8천 원이었다. 평소 다니는 카페에서라면 네 잔 하고도 반 잔을 더 마실 수 있는 돈이었다. 그 비싼 커피가 바닥을 보일 무렵, 그러니까 커피를 주문하고 약 한 시간이 지났을 무렵이었다.

"안주연 씨…… 맞으시죠?"

그제야 주연은 인사말 아닌 인사말을 들을 수 있었다. 약속 장소를 이곳으로 잡은 장본인이 삼십 분이나 늦은 것이다.

"안녕하세요. 김명철입니다."

그렇게 말하며 남자는 명함을 내밀었다. 알 만한 대기업 로고에 관리팀장이라는 직함이 인쇄된 명함을 받기는 했으나, 주연으로서는 내놓을 수 있는 명함이 없었다. 두 사람 사이에 정적이 흘렀고, 남자는 어색함을 깨려는 듯 재빨리 입을 열었다.

"아, 맞다. 취준생이라고 하셨지. 그럼 명함은 애프터나 삼프터에 받겠습니다!"

그러고는 큰 소리로 웃었다. 주연은 대체 어느 대목에서 웃어야 하는지 알 수 없었지만 함께 웃었다. 그건 일종의 버릇 같은 것이었다. 남이 웃으면 따라 웃고, 남이 심각하면 따라서 심각해지기. 하지만 주연은 습관대로 웃으면서도, 웃고 있는 자신이 싫었다. 재미가 없으면 웃지 않는 사람이 되고 싶었다.

"가시죠! 맛있는 거 먹어야죠."

어디로 갈지 상의도 없이 그가 주연을 데려간 곳은 같은 호텔의 중식당이었는데, 커피 값처럼 그곳의 메뉴들도 일반 중국집에 비해 몇 배는 비싸 보였다.

"탕수육 좋아하세요?"

"네."

"어우, 잘됐다. 이 집이 우리나라에서 탕수육이 두 번째로 맛있는 집이거든요. 젤 맛있는 집은 목포역에 있는데, 거긴 좀 멀어서."

이렇게 말하고 그는 또 한 번 큰 소리로 웃었다. 무슨 말을 한 뒤에 웃는 게 그만의 마침표 찍기인 듯했다.

"저는 사람이 촌스러워서 그런지 아무리 좋은 중국집을 가도 요리는 탕수육이 젤 맛있더라구요. 다른 요리는 뭐 좋은 거라고 그래도 다 낯설고 싫어. 식사는 짜장면! 짜장이 짱이야. 짜장면 좋아하세요?"

"네."

"어우, 또 단답. 제가 만나본 여자 중에 제일 과묵하세요."

"아, 그런가요? 제가 낯을 좀 가려서. 처음 보는 사람이랑 이야기 나누는 게 쉽지 않더라구요."

"아아……. 그러시구나. 낯을 가리시는구나. 그럼 뭐, 편하게 하세요. 말이야 내가 두 배로 많이 하면 되지, 뭐. 근데 사진보다 훨씬 미인이세요! 보통은 반대던데……."

"감사합니다."

"요즘은 보정 앱이다 뭐다 해가지구선 사진으로만 보면 뭐죄다 연예인들인데, 우리 주연 씨는, 이야! 이건 뭐, 실물이 뭐, 아주 그냥 기대 이상이십니다. 그런 얘기 많이 듣죠? 소개팅나가면?"

"아뇨. 처음인데요?"

"이런……. 그간 칭찬에 인색한 남자들만 만나셨구나. 요즘은 남자들이 다 쪼다들이라 여자를 높여주면 자기가 낮아지는 줄 안다니까."

"아뇨. 그게 아니라 소개팅이 처음이라……."

"뭐요? 처음이라구요? 와, 세상에 이런 말로만 듣던 천연기념물이 바로 여기 계셨네. 그럼 제가 우리 주연 씨 첫 남자네요. 영광입니다!"

"첫 남자는 아니구요. 소개팅이……."

"에이, 농담이죠, 농담. 설마 제가 진짜 첫 남자겠습니까? 우리 주연 씨 나이가 몇인데? 그죠?"

그리고 남자는 아까보다 더 큰 소리로 웃었다. 하지만 주연은 이번만큼은 웃지 않았다.

"저기, 김명철 씨. 저, 죄송한데요. 제 이름 부르실 때, 이름 앞에 자꾸만 '우리'를 붙이시는데, 그거 좀 그만해주세요."

"아 그거! 그냥 제가 팀장이라 우리 팀원들 부를 때 그렇게 부르다 보니 버릇이 됐나 봅니다. 요즘 그, 엠지세대들이 좋아하는 부드러운 리더십! 그러니까, 소프트 리더십이랄까?"

그는 또 웃었지만, 이번에는 웃다 말고는, "불편하셨다면 죄송합니다."라고 사과했다. 그런 다음 "탕수육은 제가 사겠습니다! 사죄의 의미로다가."라고 덧붙이더니 자신의 재치에 스스로 감탄하는 것만 같은 표정으로 또 웃기 시작했다. 이 이후로 이런저런 이야기를 나누었지만, 주연에게는 큰 의미 없는 말들이었다. 기억에 남을 만한 무언가가 있지도 않았고, 그렇다고 즐겁지도 않았다. 시간이라는 건 참 신기해서 아쉬울 때는 빠르게 흐르고, 좀 빨리 지나갔으면 싶을 땐 느리게 흐른다. 그 길고 지루한 시간이 끝나갈 무렵, "너무 좋았습니다. 저는 너무 즐거웠어요. 주연 씨는 어떠셨어요?"라는 질문을 받았을 때, 주연은 잠시 대답을 망설였다. '저는 그렇게 즐겁지는 않았어요. 조금 불편하기도 하고, 어색하기도 했구요. 무엇보다 김명철 씨와는 접점이 없어서 대화다운 대화는 하지 못한 기분이에요'라고 말하고 싶었지만, 결국, "네, 저도."라는 마음에도 없는 말을 해버렸다.

"그럼 저 애프터 신청합니다! 농담 아니에요. 이렇게 말씀

하시고 거절하시기 없기! 약속!"

집으로 돌아온 주연은 옷도 벗지 않고 검색 창에 '애프터 거절 문구'라고 쳐 넣었다.

'제가 추구하는 방향과 달라서 다른 분 만나시길 바랍니다'와 같은 다소 딱딱한 표현에서부터 '정말 좋으신 분인데, 제 마음이 열리지 않네요. 좋은 인연 만나시길 바라요'와 같은 다소 부드러운 표현에 이르기까지 수많은 예문들이 화면을 가득 채웠다. 그중 하나를 골라 그에게 보낼 생각을 하니 주연은 마음이 편치 않았다. 이래서 소개팅을 하기 싫었던 것이다. 그냥 만나서 어색해하는 것만으로 끝나는 게 아니라, 그 뒤에 일어날 모든 일들까지도 책임져야 하기 때문에. 주연은 직접 쓰기로 했다. 최대한 예의 바르면서 상대가 덜 상처 받을 거절 멘트를 만들기 위해 고심하고 있을 때, 메시지가 왔다. 자신이 먼저 보내려고 했는데 결국 상대방이 먼저 애프터를 신청한 건가 싶어 주연은 휴대폰을 확인했다.

— 야, 너 글 쓴다는 얘기했어?

김명철 씨가 아닌 민진이었다.

'글 쓴다는 이야기?' 그런 말을 했던가? 생각이 잘 나지 않아 기억을 더듬어보니 알아서 가겠다는 자신을 굳이 지하철역까지 데려다주겠다고 해서 타게 된 그의 차에서 나눈 짧은 대화가 떠올랐다.

"취업 준비 하기 힘드시죠?"

"네. 쉽지 않네요. 제 전공이 문창과라…….."

"아, 맞다. 문창과라 그러셨지. 이제 글은 안 쓰시는 거죠?"

"열심히 쓸 때도 있었는데 좀 많이 힘들어서 절필을 했었거든요. 근데 요즘에 다시 쓰기 시작했어요."

"글을 다시 쓰신다구요? 아아, 그러시구나. 아아, 다시 쓰시는구나."

거기까지였다. 때마침 지하철역에 도착했고, 주연은 바로 차에서 내렸다.

― 야, 나는 너 그냥 취준생이라고만 말했는데, 글 쓴다는 말은 뭐 하러 하냐? 여자 능력 없어도 자기가 먹여 살리면 되는데, 예술 하는 여자는 감당이 안 된다더라. 감정 기복 심하고, 현실감각 없다고. 그러게 뭐 하러 그런 말을 했어? 남자들은 그런 여자 딱 싫어해.

― 그런 여자?

― 그래! 그런 여자.

― 그런 여자라니 말이 좀 심한 거 아냐?

― 심하긴 뭐가 심해? 너 그런 여자 맞아. 완전 머리 개아픈 여자. 뭔가 평범하지 않고 사차원일 것 같은 여자. 남자들 눈에 너 그런 여자 맞거든? 그러니까 앞으로는 그냥 좀 평범하

게 취준생이라고만 하자, 응?

꼭 차인 것 같은 이 상황은 대체 뭐지? 주연은 뭔가 억울했다. 당한 기분이었다. 게다가 민진의 이 충고들은 다 뭐란 말인가? 방금 전까지 열심히 거절 멘트를 준비 중이었는데, 다 괜한 짓이었다. 원했던 적도 없는 남자에게 거절당한 것이다.

— 나도 그 남자 싫었어. 계속 만나자고 매달려도 거절할 생각이었거든?

— 하여간 네 그 정신승리 하나는 인정한다.

— 야, 너는 무슨 말을 그런 식으로 하냐? 진짜로 맘에 안 들었다고.

— 알겠다, 알겠어. 근데 너 그 오빠 정도면 완전 괜찮은 남자라는 거는 알아둬라. 본가도 반포에 있고 부모님들 노후 준비 다 돼 있지, 본인 명의 아파트도 '마용성'에 있겠다. 직장 좋아, 성격 좋아. 뭐 하나 빠지는 거 없는 사람이야. 그 정도 남자도 싫다고 하면 너 진짜 남자 소개 못 받아.

'그럼 나는 뭐 빠지는 거 투성이의 그런 여자라는 거야?'라고 주연은 썼다가 지워버렸다. 이런 식의 대화가 더 길어졌다가는 민진이 싫어지기 전에 자기 자신이 먼저 싫어질 것 같았다. 운명의 남자를 만나게 될 거라는 강남 언니 말만 믿고 생전 안 입던 원피스까지 입고 소개팅을 나간 자신이 우습게 느껴졌다. 운명의 남자는 무슨! 취업도 못 하고 있는 자신에게는 역시 사치였을 뿐이다. 지금 필요한 건 남자가 아니라 나 자신을 증명할 명함 한 장이었다. 면접에는 입고 갈 수도 없는 하늘하늘한 꽃무늬 원피스를 산 것 역시 사치였다. 이 옷을 입고 갈 수 있는 새로운 길에 자신의 운명 같은 건 없었다. 주연은 다 집어치우고 얼른 땀이나 흘리고 싶었다. 온몸이 흠뻑 젖을 만큼 땀을 흘리고 나면 나쁜 기억도 땀과 함께 씻겨나갈 것만 같았다.

　주연의 기분과는 상관없이 오랜만에 미세먼지도, 구름도, 더위도, 추위도 없는 완벽한 가을날이었다. 알록달록한 나뭇잎도 그랬지만, 그보다 더 주연의 눈을 어지럽힌 건 등산객들의 옷차림이었다. 형형색색의 옷을 입은 등산객들 사이로 그림자처럼 검은 것이 움직이고 있었는데, 그건 다름 아닌 검은 옷을 입은 남자였다. 검은 볼캡, 검은 후드티, 검은 바지로도 모자라 검은색 운동화까지, 머리부터 발끝까지 온통 검은색 차림을 한 남자는 흰 무가 수북하게 쌓인 상자를 안고서 주연 쪽으로 걸어오고 있었다. 동화책을 찢고 나온 듯 어딘지 비현실적인 모습이 주연의 눈길을 사로잡았다. 그때 남자의 뒤쪽에서 오토바이 한 대가 튀어나와 그를 스치고 지나갔고, 그 바람에 그는 균형을 잃으며 상자를 손에서 놓치고 말았다.

　즙이 많고 달아 인삼보다 좋다는 희고 둥근 가을무가 길바닥에 나뒹굴었다.

그는 무를 줍기 시작했다. 그리고 맞은편에 서 있던 주연도 뭔가에 홀린 것처럼 함께 무를 주웠다. 바닥에 떨어진 무의 수가 점점 줄어들수록 두 사람은 점점 더 가까워졌다. 얼굴을 알아볼 수 있을 만큼 거리가 좁혀졌을 때, 주연은 그의 창백한 얼굴을 들여다보았다. 순간 뜨거운 막에서 뛰쳐나온 것처럼 주연의 심장이 빨리 뛰기 시작했다. 뭐 다른 이유가 있는 건 '절대' 아니고 그저 조금 놀랐을 뿐이라고, 주연은 그렇게 생각하려 했지만 확신할 수는 없었다. 순간 강남 언니의 말이 떠올랐다.

'가을이 가기 전에 운명의 남자를 만나게 될 거야.'

에이, 말도 안 돼. 가을무를 품 안 가득 안은 남자가 운명의 상대일 리 없잖아. 주연은 있는 힘껏 부정해보았지만, 그럴수록 눈앞에 있는 이 괴상한 남자의 정체가 더 궁금해져만 갔다.

"괜찮아요?"

주연의 물음에 그는 그 어떤 대답도 내놓지 않은 채 그저 주연의 눈을 한참 동안 바라보았다. 그러다 들릴 듯 말 듯한 목소리로 말했다.

"그냥 들어가."

주연은 자기도 모르게 "응."이라고 대답하고 돌아섰는데, 그의 모습이 보이지 않고 나서 생각해보니 모르는 사이에 아무렇지도 않게 서로 반말을 썼다는 게 이상하다는 생각이 들었다. 더 이상한 건 그것이 조금도 어색하지 않았다는 것이었다. 게다가 기분이 나쁜가 하면, 오히려 그 반대였다. 미선관에 가서도 자꾸만 그 장면을 반복해서 떠올리는 자신을 발견했다. 그 순간 불던 바람의 방향이며 비치던 햇살의 빛깔까지, 주연은 모든 것이 마음에 들었다. 하지만 그중에서도 가장 마음에 드는 건 자신이 평소처럼 목이 늘어진 검은 티셔츠가 아니라, 아주 약한 바람에도 끝자락이 춤을 추듯 날리는 쉬폰 원피스를 입고 있었다는 사실이었다.

그날, 미선관 백반에는 무채볶음이 반찬으로 나왔다. 그건 운명의 맛이라고 해도 좋을 만큼 달고 즙이 많았다.

주연은 가을무를 안은 이상한 남자의 정체를 여전히 몰랐지만, 하나는 알 것 같았다. 그가 바로 미선관의 비밀 셰프라는 것. 생각보다 너무 젊고 또 생각지도 못한 하얀 피부에 가늘고 긴 손가락을 가지고 있어서 그가 어떤 사람인지 주연은 더 궁금해졌다.

메리 크리스마스, 미스 불가마

미선관의 비밀 셰프, 그러니까 주연의 마음을 사로잡은 남자는 다름 아닌 대장 언니의 아들 윤기였다. 주연은 윤기를 알아보지 못했지만 윤기는 주연을 한눈에 알아봤다. 그녀가 처음 미선관을 찾아왔던 날, 안으로 들어갈지 말지 망설이던 바로 그 순간에, 윤기는 미선관 3층에 있는 자신의 집 주방에서 재료를 다듬고 있었다. 그날따라 까마귀들이 유난스레 울어 댔고, 윤기는 무슨 안 좋은 일이라도 있는 건가 싶어 소리 나는 쪽으로 나가보았는데, 난간 너머로 낯익은 얼굴의 여자가 자신을 올려다보고 있는 게 아닌가. 물론 그녀가 보고 있는 건 자신이 서 있는 곳과 같은 방향에 있는 나뭇가지 위의 까마귀들이었다. 하지만 윤기는 그 순간이 기적 같았다. 첫사랑이 집 앞으로 찾아와 자신을 올려다보고 있었기 때문이다. 시간이 흘러 그 시절 소녀의 얼굴은 사라지고 성숙한 여자의 얼굴로 변해 있었지만, 그 얼굴의 주인공이 자신의 첫사랑임을 알아보는 건 그리 어려운 일이 아니었다. 그때처럼 여전히 예뻤고, 또 여전히 어딘가 고집스러워 보였다.

주연이 미선관의 단골이 된 뒤로 윤기의 식사 준비 시간은 조금 더 특별해졌다. 엄마인 대장 언니도 뭔가 눈치를 챈 건지 주연이 오는 날이면 3층으로 올라와 넌지시 알려주곤 했다. 그럼 그녀만을 위한 '오늘의 메뉴'를 만들 수 있었다. 주연의 이별 축하 파티를 위해 케이크를 만들 때는 특별히 옛날식 버터 케이크를 만들었다. 오래전 주연이 같은 반 친구의 생일 파티에서 그걸 아주 맛있게 먹는 걸 본 적이 있었기 때문이다. 물론 주연은 알 리가 없었지만, 그 속에는 케이크 시트처럼 부드러운 그리움과 버터크림처럼 달콤한 기쁨, 그리고 젤리처럼 투명한 기대감이 모두 담겨 있었다. 그러다 마침내 어느 가을 날 주연을 마주친 것이다. 가을무를 품에 안은 우스운 꼴로.

그 후로도 겨울이 올 때까지 윤기는 몇 번 더 주연과 마주쳤다. 그때마다 그는 무나 우엉, 배추, 양파 따위의 식재료를 한 아름 안고 있었고, 그런 그를 주연은 마치 낯선 방문객을 관찰하는 집고양이처럼 호기심과 경계심을 동시에 품은 눈으로 바라보았다. 윤기는 눈을 마주치거나 말을 거는 대신 시선을 피하거나 황급히 가버렸다. 그런 일이 반복될수록 주연의 표정은 눈에 띄게 시무룩해졌다. 윤기는 몇 번이나 자신이 먼저 주연에게 아는 척을 하는 상상을 하곤 했지만, 그건 어디까지나 상상 속에서만 가능한 일이었다. 고작해야 '안녕' 두 글자일 뿐인데도 현실에서는 좀처럼 입이 떨어지지 않았던 것이다.

오래전 그 시절에도 윤기는 그랬다.

주연에게 진짜로 해주고 싶은 이야기는 하지 못했다. 주연이 같은 책을 반복해서 빌리던 시절, 어느 날 윤기는 주연과 같은 반 아이들이 그녀에 대해 수군거리는 소리를 듣게 되었다. "책 한 권 살 돈도 없어서 궁상떠는 모습이 꼴사납지 않냐?" 어떤 여자아이가 말했다. 그러자 다른 아이들도 말했다. 주연이 저 짓을 계속하도록 절대 『어린 왕자』만큼은 빌리지 말자고, 정말 좋은 생각이라고, 그러지 말고 우리 이 사실을 다른 아이들에게도 알려주자고. 주연은 그런 사실은 꿈에도 모른 채 그 책을 읽고 또 읽었다. 그런 주연에게 윤기는 솔직하게 상황을 알려주는 대신 다짜고짜 "같은 책을 반복해서 빌리는 건 안 돼."라고만 했다. 책 한 권을 반복해서 빌려 마치 자기 책처럼 소유하다시피 읽는 건 이기적인 짓이라는, 스스로도 납득할 수 없는 이유를 내세우며.

만약 그때 제대로 말해줬더라면 주연은 더는 그 책을 빌리지 않았을 것이다. 그랬다면 친구들로부터 괴롭힘 당하는 일도 더 이상 일어나지 않았을지 몰랐다. 하지만 당시에는 잘 아는 사이도 아니면서 그 아이의 삶에 깊이 관여하고 싶지는 않았다. 성가시다기보다는 두려웠다. 그 정도로 타인의 삶에 깊이 들어가본 적이 없었기 때문에. 그리고 결국 반 아이들로부터 마음으로도 모자라 몸까지 다친 그녀의 모습을 보게 되던 날, 마음 한구석이 무너지는 것만 같았다. 그건 자책감이라는 말만으로는 설명되지 않는 감정이었다. 그게 자신의 첫사랑이었다는 사실도 한참이 지난 뒤에야 알게 되었다.

창밖으로 갓 튀긴 팝콘처럼 뽀얀 눈송이가 밤의 까만 입 속으로 날아들었다. 바람 한 점 없는 밤이었다. 크리스마스에 눈이 내리면 연인과의 낭만적인 추억을 떠올리는 사람도 있겠지만, 윤기는 그렇지 못했다. 대신 죽을 때까지 잊지 못할 창백한 기억 하나가 하얀 눈송이들 사이로 얼굴을 내밀었다. 크리스마스이브는 연인들에게는 사랑의 시간, 어린이들에게는 기다림의 시간이지만, 요식업 종사자들에게는 그해 최고 매출을 찍어야 하는 '전쟁의 시간'이었다. 특히 크리스마스의 도시라고 해도 과언이 아닌 파리에서는 더욱 그랬다.

그해 겨울, 윤기는 파리에서 가장 치열한 주방을 가진 정통 프렌치 레스토랑에서 전쟁을 치러야 했다.

그 식당은 허영심 많은 사람들이 올리는 SNS 속 화려한 장소는 아니었다. 그저 오랜 시간 같은 장소를 조용히 지키며 완벽한 요리를 만드는 데 집중할 뿐이었다. 그 외의 것들에 대해서는 아무래도 상관없다는 듯 초연했다. 그런 만큼 음식에 대한 셰프의 기준은 엄격했고, 주방은 그 기준을 충족시키기 위해 긴장감으로 숨이 막힐 정도였다. 윤기는 그곳에서 일하는 유일한 동양인이었다. 토모라는 이름을 가진 일본인이 주방 막내로 들어오기 전까지는. 윤기는 유럽인들이 동양인에 대해서 가지고 있는 선입견을 깨기 위해 노력했다. 주저하거나 소극적인 태도를 보이는 대신 적극적이고 대담하게 행동했다. 더 큰 소리로 말하고 부족한 프랑스어로 농담도 열심히 시도했다. 하지만 토모는 달랐다. 그는 그들이 자신을 어떻게 생각하든 상관없다는 듯 말없이 일만 했다.

"그런 식이면 여기서 반 년 넘기기도 힘들어."

윤기가 토모에게 진심을 담아 조언해줬을 때, 토모는 입꼬리를 올려 보이거나 어깨를 으쓱해 보이는 대신 단어 하나하나에 힘을 주며 말했다.

"그렇다고 해도 어쩔 수 없는 거겠죠."

그 문장은 토모가 잘 쓰는 말 중의 하나였다. 주방 막내인 탓에 토모는 자주 혼났는데, 궁지에 몰리면 고개를 푹 숙이며 그렇게 말했다. 그의 대답에 화를 내지 않는 건 윤기뿐이었다. 다른 직원들은 지금 반항하는 거냐며 화를 냈지만, 윤기는 그가 나쁜 의도로 한 말이 아니라는 걸 알고 있었다. 그는 자기

나름대로 거짓 없이 말한 거였다. 세상에는 아무리 애를 써도 자신의 마음대로 되지 않는 일이 있기 마련이니까. 토모는 막내라 주로 식재료 준비와 뒷정리를 담당했는데, 사용하고 남은 재료로 따뜻한 집밥을 만들어 윤기에게 차려주기도 했다. 그 집밥이라는 게 퍽이나 재미있었는데, 토모가 나름대로 인터넷에서 찾아보고 만든 한국식 백반이라, 일식과 한식 사이 어디쯤에 놓인 맛이었다. 겉보기엔 아주 그럴듯한 된장국인데 먹어보면 미소의 풍미가 가득하다든지, 일본식 짠지인 츠케모노에 고춧가루와 참치액젓을 버무려 세상 어디에도 없는 김치를 만드는 식이었다.

"어때?"

수줍음과 기대감이 섞인 토모의 질문에 윤기는 별다른 비평을 한 적이 없었다. 대신 늘 "맛있어."라고 답했다. 그리고 그 답은 단 한 번도 거짓인 적이 없었다. 그 묘한 토모의 집밥은 완벽한 한국식은 아니었지만 정말이지 맛이 있었다. 그건 엄마가 해주던 집밥의 푸근한 맛과도 달랐고, 사먹는 음식 특유의 깔끔하고 어딘지 차가운 맛도 아니었다. 별 표정 없이 그저 고개를 끄덕이거나 소리 없이 웃는 것만으로 충분한 토모를 닮은 맛이었다. 우정이라는 말을 먹을 수 있다면, 꼭 이런 맛일 것만 같았다. 윤기는 토모를 관리 감독 해야 하는 책임을 가지고 있었지만, 그에게 언성을 높이는 일이 없었다. 그 때문에 셰프에게 여러 차례 혼이 나기도 했다. 주방은 칼과 불을 다루는 위험한 곳이라 실수를 하면 누군가 다치거나 죽을 수도 있어 선후배 간에 손찌검이 오가는 일도 흔했다. 윤기가 토모에게 한 번도 화를 내지 않은 건 마음이 약해서가 아니라 그럴 필요가 없다고 생각해서였다. 토모는 목소리가 작은 만큼 귀가 밝아서 조용히 말해도 크게 들었으니까. 윤기가 그런 토모에게 처음으로 화를 낸 건 크리스마스이브였다.

디너 타임이 한창이던 8시 무렵, 식사를 하던 손님이 쓰러졌다. 호흡 곤란을 일으키던 손님은 응급실로 실려 갔고 다행히 큰일은 생기지 않았다. 하지만 해산물 알레르기가 있다는 걸 주문할 때 미리 말했음에도 반영되지 않은 것에 대해서 고소를 하겠다고 했다. 그 테이블의 수프 육수에 새우를 넣은 게 바로 토모였다. 셰프는 토모가 아닌 윤기의 뺨을 치며 욕을 했다. 한 시간이 넘게 그의 분노를 받아내고 윤기가 토모에게 가서 그에게 받은 것의 일부를 되돌려주기까지 얼마나 걸렸을까? 후에 윤기는 그 시간을 다시 되짚어보려고 해도 그때 있었던 일들이나 자신이 했던 말들이 제대로 생각나지 않았다. 마치 자신이 아닌 다른 존재가 몸을 잠시 빼앗아 토모를 괴롭히기라도 한 것처럼. 하지만 슬프게도 그건 다름 아닌 윤기 자신이 한 일이었다. 다음 날, 토모는 레스토랑에 나오지 않았다. 그다음 날에도.

윤기는 주소를 보고 파리 외곽 베르사유에 있는 토모의 집으로 찾아갔다. 실제로도 지은 지 오래된 건물이었지만, 관리가 제대로 되지 않아 몇 배는 더 낡아 보이는 맨션 3층 제일 구석에 토모의 거처가 있었다. 문을 아무리 두드려도 인기척이 없어 문손잡이를 돌려보니 맥없이 열렸다. 창이 없어 해도 들지 않는 방이었다. 창문 수나 크기에 따라 세금을 매기던 시절 만든 건물이라, 복도 끝 가장 작은 방에는 창문을 아예 만들지 않은 것이다. 주방과 침실이 구분되어 있지 않은 좁은 공간의 한가운데에 놓인 낡은 침대 위에 토모가 쓰러져 있었다. 그의 머리맡에는 뚜껑이 열린 몇 개의 약병이 널브러져 있었다. 그의 얼굴은 죽은 사람처럼 창백했지만 맥박은 아직 뛰고 있었다. 윤기는 그를 업고 가장 가까운 병원으로 갔다. 토모는 그날 죽지 않았지만 그의 영혼만큼은 죽은 것처럼 보였다. 그의 눈은 초점을 잃었다. 그는 다시는 요리를 하지 않겠다는 말만을 남긴 채 본국으로 돌아갔다.

그리고 얼마 후 윤기도 레스토랑을 그만두었다. 남의 꿈을 빼앗고 자신만 꿈을 꿀 수는 없는 일이었다. 윤기는 모든 걸 접고 집으로 돌아왔다. 집은 그대로였다. 아버지 장례 후 3년 만에 보는 엄마를 안아주지도 못한 채 그저 고개만 숙여 보였다. 자신은 그러한 따스함을 누릴 자격이 없다고 느꼈으므로.

윤기는 내리는 눈을 보며 생각했다.

집으로 십오 년 만에 불쑥 찾아든 소녀를 다시 사랑해도 될까? 나에게 그럴 자격이 있는 걸까?

같은 시각 주연은 전화 한 통을 받았다. 평소에는 저장되지 않은 번호에서 걸려오는 전화를 받지 않았지만, 마침 떨어진 물이 배달되기를 기다리고 있던 터라 택배기사의 전화일 거라 생각하며 통화 버튼을 눌렀다. 수화기 너머에서 훌쩍이는 소리가 들려왔을 때에야 주연은 깨달았다. 뭔가 잘못되었다는 걸.

훌쩍이는 소리만 계속 이어질 뿐 상대는 아무런 말도 건네지 않았지만, 그 작고 조용한 훌쩍임만으로도 주연은 수화기 너머에 누가 있는지 알 것 같았다. 오 년이라는 시간은 꽤 길어서 숨소리까지 알아들을 수 있게 만든다. 게다가 그가 지금 만취했다는 것도 쉽게 알 수 있었다. 주연은 이대로 전화를 끊고 번호를 차단하고 싶었지만 그래봤자 또 다른 번호로 전화를 걸어올 게 뻔해 보였다. 그러니까, 지금처럼.

"번호까지 바꿔서 전화하는 건 좀 심한 거 아냐?"

주연은 진작에 목소리의 주인공, 그러니까 진남의 번호를 차단했었다. 새벽에 '자니?' 따위의 문자를 확인하느라 깨는 일이 잦았기 때문이다.

"아니, 그게…… 네가 오해하고 있는 게 있어."

"미안한데 하나도 안 궁금해. 그러니까 다시는 전화하지 마. 이 번호도 전화 끊자마자 차단할 거야. 또 다른 번호로 바꿔서 걸면 그 번호도 차단할 거야. 그래도 또 바꾸면 또 차단할 거고. 그러니까 이제 그만 좀 해."

"넌 어떻게 그렇게 냉정하니? 그리고 안 궁금해도 알아야 돼! 그게 진실이니까. 진실이라는 건 말이야, 그런 거야. 궁금하지 않아도 밝혀져야 하는, 그런 거."

취하면 가르치려 드는 버릇도 여전했다.

"설교할 사람이 필요하면 나 말고 전화번호부에서 좀 더 찾아봐. 나는 듣기 싫으니까 끊을게."

"잠깐만! 미안, 미안. 설교 안 할게. 이거 하나만 들어줘, 주연아. 진짜 딱 한 번만."

"뭔데?"

"그때 나 바람 피운 거 아냐. 호텔에 같이 있던 그 여자, 사실은……."

"저기, 진남아. 그건 나한테 이미 전생 같은 일이야. 뭐가 됐든 지금의 나랑은 별 상관없는."

"아니, 내 말은, 그러니까 네가 이 이야기를 듣고 마음을 돌려달라는 게 아니라! 그냥 내 입장도 좀 말하고 싶은 거지. 그냥…… 말이라도 좀…… 하고 싶어……. 하고 싶어."

그렇게 진남은 자신의 긴 이야기를 시작했고 주연은 수화기를 귀에서 떼고 스피커 버튼을 눌렀다. 그렇게 물리적 거리를 확보하고 마치 라디오를 듣듯 그의 목소리를 들었다.

"그러니까 그때 네가 본 그 여자는 우리 사촌누나였어. 곧 결혼을 한다고 한국에 들어왔는데 나한테 반지 픽업을 부탁했거든. 누나가 준 카드로 대신 계산을 하는데, 오천만 원이래. 그때 그런 생각이 들더라고. 나는 평생 무슨 짓을 해도 너한테 이런 반지 못 사주겠지. 근데 그 반지가 네 손에 너무 잘 어울릴 거 같은 거야. 그래서 그랬어. 그래서 너한테 헤어지자고 톡 보낸 거야. 너는 나만 아니면 잘 살 수 있을 것 같아서."

주연은 그의 이야기를 듣고 있으니 마음이 좋지 않았다.

"그래, 알았어. 믿어줄게. 그러니까 이제 이런 이야기는 더 하지 말자."

진남은 더 말하지 않고 울기만 했다. 그가 바람을 피웠든 현실의 무게에 짓눌렸든 이제는 주연에게 조금도 중요하지 않았다. 하지만 진남이 그때 했었다는 생각만큼은 이해가 되었다. 어떤 마음인지 너무 잘 알 것 같아서 슬펐다. 어쩌면 두 사람은 같은 생각을 했던 건지도 모른다. 사랑이 서로의 등에 짊어진 무거운 짐을 덜어주는 게 아니라, 각자의 등에 꼭 그만큼의 짐을 더 얹고 있다고. 진남은 미안하다는 말을 몇 차례 반복하고는 전화를 끊었다. 주연도 이번만큼은 그의 새 번호를 차단하지 않았다. 늘 그를 원망하기만 했었는데 처음으로 그에게 미안하다는 생각이 들었다. 그가 미래를 생각할 때마다 느꼈을 삶의 무게에 대해서 단 한 번도 이해해주지 못한 것이 미안했다.

창밖을 보니 눈이 내리고 있었다. 일주일 뒤면 서른이다. 어린 시절엔 서른 살쯤 되면 당연히 회사도 다니고 결혼도 하고 아이도 있을 줄 알았다. 그 모든 것들이 나이를 먹으면 자동으로 따라오는 것인 줄 알았다. 이렇게 값비싼 것인지는 꿈에도 알지 못한 채. 주연은 창밖으로 손을 뻗었다. 눈은 손끝에 닿자마자 금세 녹아 사라지고 차가움만 남았다. 기분 탓인지는 몰라도 주연은 몸이 떨리며 몸속의 온기가 한 번에 빠져나가는 것만 같았다. 이번 겨울은 정말이지 못 견디게 추웠다. 지난봄에 경품으로 받은 목욕권 백 장이 없었더라면 어디서 몸을 녹였을까. 온기가 간절해진 주연은 노란 목욕 바구니를 집어 들고 눈 속으로 걸어 들어갔다.

주연은 자정이 다 되어서야 미선관에 도착했다. 그 시각에는 손님이 거의 오지 않아 카운터는 비어 있었다. 물론 혹시라도 올지 모르는 손님을 위해 수건과 가운은 테이블 위에 올려져 있었다. 주연은 하나씩 챙겨 들고 불가마로 갔다. 자정을 넘긴 시간이라 막에 앉아 있어도 땀이 나지 않았다. 낮 동안의 뜨거움은 이미 옛일이 되어 있었다. 그래도 바닥이나 벽은 추억처럼 열기를 머금고 있어 새벽 막을 즐기러 온 손님들은 거적을 덮고 바닥에 누워 땀을 내고 있었다. 주연도 커다란 거적을 가져와 얼굴까지 푹 덮어 쓰고 누웠다. 시간이 좀 걸리기는 했지만 이윽고 등에서부터 맺히기 시작한 땀이 전신을 촉촉이 적셨다. 숨이 턱턱 막히는 낮의 막과는 달리 편안하게 숨쉬면서 즐기는 새벽 막은 또 다른 매력이 있었다. 꼭 오래된 사랑 같달까. 서로를 향한 뜨거움은 사라졌지만 사랑하는 마음만큼은 여전히 식지 않아서 서로에 대한 익숙함이 지루하다기보다는 편안하고 안정되게 느껴지는. 말하자면 그 안에 있으면 여전히 사랑을 느낄 수 있고, 그러면서도 불안과 두려움으로부터 자유로울 수 있게 되는 것이다. 때때로 시간은 그 자체로 선물이 된다. 주연은 새벽 막에서 바로 그 시간의 선물을 축복처럼 온몸으로 받고 있었다.

막 안에는 주연 말고도 두 사람이 더 있었는데, 둘 다 거적을 얼굴까지 푹 덮고 있어 누군지 알아볼 수 없었다. 둘 중 주연과 좀 더 가까운 곳에 누워 있던 누군가가 홀쩍이기 시작했을 때에도 그녀가 누구인지 주연은 몰랐다. 하지만 그 홀쩍임에 주연은 자기도 모르게 눈시울이 붉어졌고, 얼마 뒤에는 자신도 또한 울고 있었다.

주연이 덩달아 홀쩍이기 시작하자 그녀의 남몰래 홀쩍이는 소리가 조금 더 커졌다. 그러자 주연도 마음 놓고 울었고, 이

내 두 사람은 서로 주거니 받거니 하며 그야말로 목 놓아 엉엉 울었다. 누구인지도, 왜 우는지도 몰랐지만 얼굴을 가린 채로 함께 울고 있자니 더 이상 외롭지 않게 느껴졌다. 바닥에서 올라온 열기에 몸이 땀으로 젖듯 어느새 두 사람의 얼굴과 목덜미가 흐르는 눈물로 인해 축축해졌다. 그렇게 새벽 막을 가득 채우던 울음 이중주가 절정을 지나 결말을 맞이하듯 잦아들 즈음, 주연은 느닷없이 웃음이 터졌다. 주연의 웃음소리에 상대도 같이 웃기 시작했고, 둘은 거적을 뒤집어쓴 채 이번에는 함께 웃었다. 누가 먼저랄 것도 없이 두 사람이 거적 밖으로 고개를 빼꼼 내밀었을 때, 주연은 깜짝 놀랐다. 나머지 한 사람의 정체가 자신이 생각지도 못했던 사람이었기 때문이다.

"뭘 그렇게 봐? 사람 민망하게."

그렇게 말하는 건 바로 얼음 언니였다. 주연은 얼음 언니가 거적을 뒤집어쓰고 울 거라고는 단 한 번도 생각해본 적이 없었다. 주연은 얼음 언니가 왜 울었는지 굳이 묻지 않았다. 대신 오늘 자신에게 있었던 일을 푸념처럼 늘어놓았다. 이미 한바탕 함께 운 사이여서 그런지 무슨 말을 해도 부끄럽지 않았다. 그건 얼음 언니도 마찬가지였는지, 지금껏 말하지 않던 속내를 내비쳤다.

"그렇게 바라던 이혼을 이제야 하게 됐는데 마음이 좋지만은 않네. 숨소리도 듣기 싫다고 생각했는데 그게 아니었나 봐.

애들도 다 나간 집에 그 사람이랑 나랑 둘이 살다가 그마저도 나가버리니까 너무 적막해."

우는소리 하는 걸 누구보다 싫어하는 얼음 언니의 성격상 평소라면 절대 하지 않았을 이야기였다. 주연은 이혼은커녕 결혼도 해본 적이 없지만 그녀의 말을 조금은 이해할 수 있을 것 같았다. 예전에 키우던 고양이가 죽었을 때, 4킬로그램도 되지 않던 그 작은 생명체의 숨소리, 발걸음 소리, 혀가 입천장에 닿았다 떨어지는 소리가 더는 들리지 않자 적막해서 잠이 잘 오지 않았다. 고양이가 그 정도인데 사람이 난 자리는 어떨지, 생각만으로도 주연은 가슴이 먹먹해져왔다.

"아직 숙려 기간이라고 하셨죠?"

"응, 기억하고 있네. 이래서 숙려 기간 중에 철회하는 사람들이 그렇게 많나 봐."

"철회하고 싶으세요?"

"아니."

얼음 언니의 대답은 담담했다. 예전 같았으면 "미쳤어? 내가 이걸 어떻게 한 건데."라든지…… "그건 죽어도 안 되지." 같은 말을 했을 텐데, 지금은 좀 달랐다.

"힘들어도 끝까지 마무리 지어야지. 가슴에 박힌 대못을 뺀다는 게 어디 쉬운 일이겠어? 각오는 했는데, 못이 내가 생각했던 것보다 더 깊이 박혀 있었네."

그 말을 남기고 얼음 언니는 먼저 막을 나갔다. 혼자 남은 주연은 조금만 더 있다가 나가야지…… 나가야지…… 나가야지…… 하다가 자기도 모르게 몸이 바닥으로 스르르 무너져 내렸고, 다시 정신을 차렸을 때 눈에 들어온 것은 불가마 천장이 아닌 오래되어 반들거리는 나무 천장과 샹들리에였다! 자신이 누워 있는 곳은 패브릭 소파 위였는데, 마치 한 마리의 거대한 양 위에 누워 있는 것만 같았다. 주연은 얼른 소파에서 몸을 일으켰다. 여기가 어디지? 이것도 꿈인가? 주연은 방금까지 꿈을 꾸고 있었다. 그것도 전에 없이 기분 좋은 꿈을.

　꿈속에서 그녀는 여전히 불가마 안이었는데, 한 남자가 그녀의 손을 잡아 일으켜 품에 안았다. 그는 주연의 뺨을 적신 눈물을 양손으로 닦아주며 입을 맞추었다. 그가 어떻게 생겼는지, 키는 컸는지 작았는지, 어떤 옷을 입고 있었는지 전혀 기억나지 않지만 한 가지 분명한 사실은 기분이 무척 좋았다는 거였다.

　굴뚝 하나 없는 집에 사는 도심의 어린이들이 창밖으로 고개를 내밀고 산타를 기다리는 밤, 대장 언니는 이 도시에 몇 남지 않은, 진짜 굴뚝을 품고 있는 미선관 곳곳에 쌓인 눈을 치우고 있었다. 손님은 모두 집으로 돌아간 듯해서 직원들을 일찍 귀가시켰다. 그들에게도 일 년에 하루뿐인 크리스마스니까.

대장 언니는 대신 윤기를 미선관으로 불러 뒤뜰에 쌓인 눈을 치우게 했다. 이런 밤에 눈도 맞고 바람도 맞으며 몸을 움직이면 마음의 병이 조금이나마 나아질 것 같았기 때문이다.

눈 내린 미선관은 고요했다. 웃고 떠들던 사람들이 사라지고 온통 하얀 산과, 이글루처럼 변신한 불가마만이 남은 그곳은 꼭 다른 세상 같았다. 싸리 빗자루를 손에 쥔 윤기는 보기 드물게 아름다운 풍경을 해치는 것만 같아 비질을 차마 시작하지 못하고 그 자리에 가만히 서 있었다. 그때 들릴 듯 말 듯한 눈 내리는 소리 사이로 그리운 이의 발소리처럼 뭔가가 움직이는 소리가 그의 귀에 들려왔다. 소리를 따라가보니 불가마 안이었다. 분명 아무도 없다고 했는데…… 문을 열고 안으로 들어가자 그 한구석에 주연이 몸을 웅크린 채 누워 있는 게 아닌가.

놀란 윤기는 얼른 주연을 안아 일으켰는데, 그 순간 주연의 속눈썹에 맺혀 있던 눈물이 그녀의 뺨을 타고 흘러내렸다. 주연은 분명 잠이 든 상태였다. 그럼에도 두 손을 뻗어 윤기의 뺨을 더듬더니 그에게 입을 맞추었다. 마치 입술이 있는 곳을 찾듯 짧게 한 번, 그리고 확인하듯 길게 한 번. 윤기는 당황했지만 주연을 그대로 안아 들고 불가마에서 나와 자신의 집 소파 위에 눕혔다. 다행히 열은 나지 않았고, 숨소리도 일정했다. 이윽고 주연이 곤한 잠에 빠져드는 걸 지켜본 뒤, 윤기는 조용히 그 자리를 떠났다. 그게 새벽 한 시 무렵이었고, 그로부터 여덟 시간 남짓이 지나서야 주연은 눈을 떴다.

소파 앞에 놓인 낮은 테이블 위에 따뜻한 라떼와 샌드위치가 놓여 있었다. '불마가에서 잠들었기에 안고 올라왔어요. 편하게 먹어요'라고 쓰인 쪽지와 함께. 주어는 없었지만 당연히 대장 언니가 쓴 거라고 주연은 생각했다. 샌드위치는 아주 맛있었다. 겉이 약간 바삭하면서 담백한 치아바타에, 밀도가 높아 씹으면 뽀득 소리를 내는 단단한 식감의 소시지, 그리고 으깬 감자 샐러드와 프랑스식 겨자 소스, 적색 양파가 곁들여져 포근한 맛이었다. 어디 한 군데 모나거나 튀는 맛 없이 모든 재료가 입안에서 어우러지며 밥다운 밥을 먹은 듯한 만족감을 줬다. 무엇보다 재료들의 식감이 다양해서 씹는 맛이 있었다. 거기에 따뜻한 라떼를 곁들이니 마음속까지 따뜻해지는 기분이었다.

브런치를 다 먹고 나니 그제야 집이 눈에 들어왔다. 대장 언니를 쏙 빼닮은 그 집은 인테리어 잡지에 나오는 세련된 집들과는 확연히 달랐다. 디자이너 가구라든지, 럭셔리한 벽지나 카펫 같은 건 없었지만, 집 안에 있는 거의 모든 것들이 그녀의 취향을 거울처럼 비추듯 그대로 보여주고 있었다. 가장 먼저 눈에 들어오는 소파는 흔히 사용하는 가죽이나 단색 패브릭이 아니라 트위드 원단이었다. 검은색과 남색, 회색 실을 섞어서 짠 바탕에 금실로 격자무늬를 수놓은 그 트위드 원단은 대장 언니의 결혼식 피로연 때 양장점에서 맞춰 입었다는 원피스 원단과 같은 것이었다. 그녀는 그때 그 기분을 떠올리고 싶어서 똑같은 원단으로 소파까지 맞춘 것일 터였다. 소파 아래에는 아이보리에 연핑크가 섞인 기하학 문양의 카펫이 깔려 있었는데 부드럽고 여성스러운 분위기가 소파와 아주 잘 어울렸다. 그리고 맞은편에는 책과 그릇, 도자기 인형 같은 것들이 별다른 규칙 없이 진열된 장식장이 서 있었다. 가까이 다가가 보니 독특하고 아름다운 물건이 많았는데, 그 사이에 반가운 책 한 권이 있었다. 도자기로 만든 회색 고양이 인형과 감청색에 금색 테두리가 둘러진 접시 사이에 놓인 그 책은 다름 아닌 생텍쥐페리의『어린 왕자』였다.

그것은 지금은 사라진 한 영세 출판사에서 나온 판본이었는데, 번역만큼은 큰 출판사에서 나온 것들보다 더 좋아서 주연 역시 같은 책을 샀었다. 책표지를 넘기자 연노란색 간지에 메모가 빼곡했다. 메모는 연필, 검은색 볼펜, 파란색 수성펜 등 다양한 필기구로 꽤 오랜 시간에 걸쳐 조금씩 쓴 것들이었다. 어떤 건 번져서 아예 읽을 수 없었고, 어떤 건 흐려져 있었지만 그래도 알아볼 수는 있었다. 그건 책 주인에게 긴 세월 동안 특별한 사랑을 받은 책에게서만 발견되는, 일종의 사랑이 담긴 색인이었다. 주연의『어린 왕자』도 비슷한 모습을 하고 있어 주연은 그 책 주인에게 묘한 동질감을 느끼며 메모를 훔쳐봤다.

'오늘 그 애가 또 『어린 왕자』를 빌려 갔다. 궁금해서 나도 한 권 샀는데 대체 이게 뭐라고 그렇게 읽나 싶다'로 시작해서 '읽다 보니 좀 재미가 있는 것도 같고'라든지, '이런 책을 좋아하는 아이라면 나랑도 말이 좀 통할지도 모르겠는데' 같은 말도 쓰여 있었다. 그리고 책장을 반쯤 넘겼을 때 마치 책갈피처럼 그 안쪽에 끼워져 있던 종이 하나가 바닥으로 떨어졌는데 집어 들어서 자세히 보니 영수증을 코팅한 것이었다. 영수증에 적힌 메뉴는 게국지, 날짜는 주연이 딱 한 번 게국지를 먹었던 바로 그 무렵이었다. 책 곳곳에 쓰인 메모는 모두 주연자신에 대한 이야기였던 것이다. 주연은 그제야 책의 주인이 누구인지 알 것 같았다.

바로 그 애다.

자신에게 쪽지 하나를 남긴 채 사라진 소년. 도서반 그 애. 지금껏 주연은 누구에게도 진실한 사랑을 받지 못했다고만 생각했는데, 실은 아주 오래도록 자신을 생각해주는 누군가가 있었던 것이다. 이제 와 생각하니 모든 퍼즐이 맞춰지는 것만 같았다. 미선관에 와서 먹은 음식들, 마치 주연만을 위해서 특별히 준비한 것만 같았던 그 음식들은 모두 그 애가 만든 것이었다. 마치 사랑을 닮은 맛이었던 케이크도 그 애가 주연을 위해 만든 것이고, 오래전 그 애와의 추억이 담긴 게국지도 역시 우연이 아니었다. 그 순간 현관문이 열리며 윤기가 들어왔다. 오늘의 미선관 백반을 만들기 위한 식재료를 양손 가득 든 채.

"너……?"

윤기는 주연의 말에 얼어붙은 듯 그 자리에 멈춰 섰다. 실은 주연과 눈이 마주친 순간부터 계속 얼어붙은 채였다.

"맞지?"

"응."

"너, 내가 누군지 알지?"

"응."

"처음부터 알아본 거야?"

"응."

"근데 왜 아무 말 안 했어?"

예전의 윤기였다면 했을 것이다. 분명히. 하지만 지금의 윤기는 그런 사소한 말 한마디를 하는 게 청혼하는 것만큼이나 어렵게 느껴지는 남자였다.

"인사라도 하지 그랬어?"

'안 한 게 아니라, 못 한 거야.'

윤기는 마음속으로 그렇게 몇 번이고 말했지만 입이 떨어지지 않았다. 그러자 주연이 차분한 목소리로 다시 물었다.

"너, 무슨 일이 있었구나?"

꼭 윤기의 마음속 목소리를 듣기라도 한 듯이. 윤기는 어떤 저항도 없이 고개를 끄덕였다. 그 어디서도, 그 누구에게도, 심지어 엄마에게도 말한 적 없는 그 이야기를 주연에게만큼은 털어놓을 수 있을 것만 같았다. 그는 양손에 들고 있던 짐을 내려놓고 빈손으로 주연을 바라보았다. 꼭 주연이 다가와 자신의 손을 잡아주길 기다리는 것처럼. 주연은 다가가 그의 손을 꼭 잡았고, 이내 윤기의 눈에서 눈물이 흘러내렸다. 주연은 무언가를 더 물을 필요가 없었다. 그저 우는 그를 안아주는 것만으로 충분했다. 주연은 윤기에게서 토모에 관한 이야기를 들었다. 이야기를 다 들은 주연은 위로 대신 질문을 던졌다.

"너 혹시 토모 연락처 알고 있어?"

"전화번호는 모르고 예전에 사용하던 이메일 주소는 있을 거야."

주연은 토모에게 메일을 썼다. 자신은 윤기의 친구라는 간단한 소개와 함께 윤기가 토모를 여전히 걱정하고 있고 아직까지도 많이 미안해하고 있다고. 그리고 메일을 보낸 지 몇 시간 지나지 않아, '잘 지내고 계시죠? 저는 잘 지내고 있습니다'라는 제목이 일본어로 쓰인 이메일을 받았다. 바로 토모였다.

처음 한국어로 된 메일을 보고 혹시나 싶었습니다. 하지만 번역기를 돌려보고 역시나 했습니다. 고맙습니다, 이렇게 소식을 전해주셔서. 지금껏 저를 기억해주신 것도, 또 걱정해주신 마음도 그저 고맙습니다. 저도 윤기 선배님을 많이 걱정했습니다. 혹시나 그 일 때문에 마음에 짐을 짊어지고 있지는 않을까. 하지만 조금도 미안해하지 않아도 된다고 말씀드리고 싶습니다. 그것은 제 잘못이 분명했습니다. 그 일로 당시에는 제 삶의 전부라고 생각했던 요리를 그만두게 되었지만, 돌이켜 보면 그 덕분에 진짜 삶을 되찾았습니다. 저에게 있어 요리는 밤하늘에 빛나는 별이었습니다. 그것은 늘 반짝이는, 그러나 너무나 먼 곳에 있어 결코 손에 잡히지 않는 것이었습니다. 요리를 그만두고 마음이 홀가분해지고 마음의 병이 호전된 뒤 확실히 알게 되었습니다. 저는 재능이 없었습니다. 이제는 별을 손에 넣겠다는 욕심 같은 건 내려놓았습니다. 대신 세상에서 가장 예쁜 여자를 만나 소박한 가정을 꾸렸고, 내년 봄에는 아기가 태어날 예정입니다. 딸이라고 합니다. 꼭 제가 아닌 제 엄마를 닮았기를 기도하며 아내가 해주는 밥을 먹는 게 요즘 저의 행복입니다. 아내가 일이 있어 밥을 챙겨주지 못하는 날이면 저는 편의점 도시락을 사먹습니다. 남이 해주는 음식을 먹는 게 이렇게 편하고 좋은 것이구나! 실감하는 나날들입니다. 부디 윤기 선배님도 그날의 부끄럽고 슬픈 저의 모습은 잊고, 기쁘고 또 기쁜 오늘을 되찾길 바랍니다.

주연은 토모가 보낸 이메일을 윤기에게 읽어주었다. 번역기를 돌린 뒤, 주연이 손수 문장을 정성스럽게 다듬은 것이었다. 윤기는 주연의 목소리를 통해 토모의 편지를 들은 뒤 "고맙다."라는 말을 남기고 주방으로 돌아가 하던 일을 계속했다. 주연이 본 모습은 그게 다였지만 그녀는 알고 있었다. 그가 스스로 자신을 가두었던, 끝이 보이지 않을 만큼 깊고 어두운 굴에서 탈출할 수 있는 출구를 비로소 발견했다는 걸. 그건 대장 언니가 그토록 바라 마지않던 '소원이 이루어지는' 순간이기도 했다. 물이 닿으면 뿔이 돋아난다는 예언 속 불가마의 주인이 주연인지 아닌지 그녀는 여전히 확실히 알지 못했지만, 아니, 그런 예언이 실제로 존재하는지조차 의문이었지만 대장 언니의 소원만큼은 예언처럼 이루어지고 있었다.

크리스마스 저녁, 미선관 식당에는 단골손님들이 모두 모였다. 대장 언니의 특별 초대였다. 오늘만큼은 입장료도 식사비도 받지 않겠다는 약속과 함께. 손님들이 하나둘 테이블을 채우자 자리에는 미역국 정식이 사람 수대로 놓였다. 평소 미선관의 미역국은 가리비 조개나 가자미 같은 해산물로 육수를 만들었지만, 오늘은 좀 달랐다. 맑은 국물 안에는 소고기가 가득했다.

"투뿔 양지네."

역시 고기라면 한눈에 척 알아보는 얼음 언니가 본능적으로 반응했고, 이에 사람들은 모두 다시 한번 국물을 가득 뜬 숟가락을 입으로 가져갔다. 사실 그 미역국은 카운터 언니를 위한 것이었다. 그녀의 취향을 누구보다 잘 알고 있는 대장 언니가 윤기에게 특별히 부탁해서 만든. 카운터 언니는 아무 말 없이 가만히 앉아만 있었다. 자신을 향한 오랜 친구의 마음이 고맙기도 하고 미안하기도 했다. 소고기가 가득한 미역국과 팥을 넣어 빨갛게 지은 찰밥, 입에 착착 붙는 연근조림과 겉은 바삭하고 속살은 촉촉하고 부드러운 가자미구이까지 모두 카운터 언니가 좋아하는 것들이었다. 무엇부터 먹어야 할지 망설여질 만큼. 카운터 언니는 생일이 대체 뭐라고 이렇게까지 했나 싶었다. 대장 언니는 카운터 언니가 미선관의 불가마를 알려준 덕에 지금 자신과 윤기가 이렇게 살아 있다고 생각하고 있었다. 카운터 언니는 그저 남에게 들은 걸 알려준 것뿐인데 그만 한 일로 이렇게 오래 인사를 받는 게 미안할 뿐이었다.

대장 언니는 카운터 언니를 박 여사님이라고 부르던 시절부터 지금까지 한 해도 거르지 않고 미역국을 끓였다. 하지만 이렇게 공개적으로 축하해준 적은 한 번도 없었다. 보통은 미역국에 나물 반찬 두세 가지로 상을 차려 둘이서 조촐하게 먹었는데, 이번 생일만큼은 좀 시끌벅적하게 파티를 하고 싶었다. 몇 달 전 가마 앞에서 갑자기 쓰러진 뒤로 카운터 언니의 몸이 부쩍 약해진 게 눈에 보였다. 대장 언니는 그런 그녀를 지켜보면서, 한편으로는 저런 모습으로라도 자신의 곁에 오래 있어주기를 바라면서도, 또 한편으로는 앞으로 그녀의 생일을 몇 번이나 더 챙겨줄 수 있을까 불안했다.

손님들이 식사를 마칠 무렵, 잠시 사라졌던 대장 언니가 케이크를 들고 나타났다. 케이크는 빨간 벽돌색으로, 2층짜리 벽돌집 모양을 하고 있었는데, 1층 한가운데에는 '박순이'라는 이름 석 자가 적힌 명패가 붙어 있었다.

손님들은 케이크라기보다는 조각 작품에 가까워 보이는 예쁜 집을 보며 아까워서 어떻게 먹느냐고 찬사와 경탄을 아끼지 않았고, 카운터 언니는 케이크를 받아 들고는 마치 크리스마스 선물을 받은 아이처럼 기뻐했다. 사실 그 케이크는 평소 '내 집'을 갖는 게 소원이라던 그녀의 이야기를 윤기가 기억하고 만든 것이었다. 그녀는 팔십 평생 남의 집에 세 들어 살았다. 내 집처럼 생각하며 살다가도 집주인이 이런저런 사정으로 이사를 가달라고 할 때면, 역시 남의 집이구나 싶었다. 이제 내려놓을 건 다 내려놓았지만, 단 하나 놓아지지 않는 게 바로 집이라는 존재였다. 크고 근사한 것까지는 아니더라도 맘 편히 못질 한 번 해볼 수 있는 집, 자식 손자들 불러서 밥 한 끼 다 같이 편하게 먹고 친구들도 초대할 수 있는 집, 바로 그 집이 지금 자신의 눈앞에 놓여 있었다.

아니, 카운터 언니의 눈에 그 케이크는 꼭 미선관처럼 보였다. 어쩌면 평생 집이 없었던 게 아니라, 이곳 미선관이 언제나 '내 집'이었는지도 모르겠다는 생각이 들었다. 파티의 주인공답게 카운터 언니가 가장 먼저 케이크를 맛보았다. 적어도 그녀에게 있어서만큼은, 미선관에서의 시간처럼 포근한 맛이었다. 삼십 년이라는 시간 동안 단 하루도 빠짐없이 아끼고 가꾸며 머문 곳, 일 년 365일 함께 밥을 먹어온, 그래서 식구라 부르기에 결코 부족함이 없는 동료들……. 생각해보면 자신은 이곳에서 단 한 순간도 그냥 직원이었던 적이 없었다. 늘 미선관의 모든 것을 내 것처럼 귀하게 여겼고, 그만큼 자신 역시 이곳의 모두로부터 귀한 대접을 받았다.

"생일 축하합니다. 생일 축하합니다. 사랑하는 카운터 언니, 생일 축하합니다!"

이제는 '카운터 언니'가 '박순이'보다 더 자신의 진짜 이름 같았다. 부모님이 지어주신 이름으로 살았던 시간은 따뜻한 말 한마디, 따뜻한 손길 한 번 받아보지 못한 채 그저 쓸쓸하기만 했는데, '카운터 언니'로 미선관과 함께한 시간은 늘 자신의 머리 위로 햇살이 따라다니는 것만 같았다. 생일 파티를 마친 뒤 여자들은 손님, 직원 할 것 없이 모두 함께 불가마에서 땀을 흘렸다. 카운터 언니는 이번 크리스마스만큼은 세상 어떤 어린이보다 더 행복한 아이가 된 것 같았다. 그날 밤 그녀는 태어난 것에 진심으로 감사하며 잠이 들었다.

다음 날 아침, 카운터 언니는 미선관에 나오지 않았다. 대장 언니는 그녀의 집으로 찾아갔고, 침대 밑에 쓰러져 있는 그녀를 발견해 병원으로 데려갔다. 그렇게 응급실로 실려 간 그녀는 그날 밤 중환자실로 옮겨졌고 그곳에 한 달가량 누워 있다가 세상을 떠났다. 그녀가 떠나기 전날 밤, 주연은 특이한 꿈을 꿨다.

꿈속에서 카운터 언니는 꼭 손님처럼 가운을 입고 불가마를 하고 있었다. 주연은 반가운 마음에 얼른 다가가 인사를 했다.

"카운터 언니, 일어나셨네요!"

그녀는 조금도 아파 보이지 않았다. 오히려 평소보다 더 생기 넘치고 젊어 보이기까지 했다.

"누워 있는 동안 어찌나 씻고 싶던지. 땀 좀 빼면 살면서 안 좋았던 거…… 서운했던 거…… 싹 다 잊을 수 있을 것 같아. 이제는 좀 가벼워지고 싶어."

"가벼워지면 뭐 하시게요?"

"풍선처럼 둥둥 떠서 저 구름 속으로 날아가야지."

주연은 꿈에서 깨어나자마자 바로 병원으로 달려갔다. 주연의 연락을 받고 대장 언니도 곧장 출발했다. 덕분에 두 사람은 카운터 언니의 임종을 지킬 수 있었다.

카운터 언니가 의식 없이 누워 있는 동안 아들이 한 차례 찾아왔다. 아픈 어머니가 걱정되어 온 건가 싶었지만, 걱정은 무슨……. 다 돈 때문이었다. 유산으로 뭔가 받을 재산이 없나 확인하러 온 것이었다. 하지만 그녀의 통장 잔고는 이미 텅 비어 있었다. 남편이 죽기 전에는 남편이, 그가 죽고 난 뒤에는 아들이 알뜰하게 가져갔던 것이다. 잔고를 확인한 뒤로 아들은 소식이 끊겼다. 자신이 모른 척해도 챙겨줄 사람이 있다는 걸 확인해서인지, 아니면 모른 척해야 남의 호주머니에서 병원비와 장례 비용이 나간다고 생각해서인지 끝까지 얼굴 한번 비추질 않았다. 카운터 언니, 그러니까 박순이 씨의 마지막 길은 결국 대장 언니가 배웅했다.

그녀의 장례는 병원 장례식장 대신 미선관 마당에서 치러졌다. 그녀의 가족이자 친구인 미선관의 직원들과 오랜 단골 손님들이 그녀를 위해 차려진 단 위에 꽃을 바친 후 윤기가 정성껏 끓인 육개장을 함께 먹었다. 조촐한 장례식이 끝난 뒤에는 그녀의 뼛가루가 담긴 하얀 단지를 미선나무 아래에 묻어주었다. 그건 카운터 언니의 마지막 소원이었다.

온도와 습도를 맞추는 봄

그해 겨울은 유난히 추웠다. 약한 사람은 쓰러졌고, 오래된 것들은 부서졌다. 그런 추위에도 미선관만큼은 어디 한 군데 얼거나 터진 곳 없이 새봄을 맞이할 수 있었다. 사람들은 비결을 궁금해했다. 하지만 거기에 놀랄 만한 비밀 같은 건 조금도 없었다.

"미선관은 보이는 것들은 최대한 오래 쓰고, 안 보이는 것들은 낡기 전에 새 걸로 교체하거든."

보통은 간판이나 외벽, 인테리어처럼 겉으로 드러나 있는 것들은 새것으로 자주 바꾸면서도 배관이나 전선 같은 설비는 말썽이 날 때까지 교체하지 않는데, 미선관은 정확히 그 반대였다. 겉으로 드러난 기물들은 최대한 오래 쓰고, 그 속에 숨겨진 설비는 새것으로 자주 교체했다. 일반적인 장사꾼이라면 절대 그렇게 하지 않았겠지만, 대장 언니는 달랐다. 그녀의 눈에는 미선관의 모든 것이 아름다웠다. 이제는 새 제품을 구할 수 없는 오래된 것들일수록 더 그랬다. 그녀에게 이미 완전한 이곳을 어디 한 군데 상하지 않게 유지하는 건 일종의 사명, 혹은 조금 더 특별한 사랑 같은 것이었다. 칠순을 바라보는 그녀에게 소원이 있다면 미선관이 지금껏 그래온 것처럼 앞으로도 계속 뜨겁게 타오르는 것, 그리고 아들 윤기가 다시 건강해지는 것, 딱 두 가지였다.

지금, 그 소원을 이루어줄 구세주가 그녀의 눈앞에 있었다.

"사장님, 막에 물 주고, 문 닫고 왔어요."

그건 바로 뿔 언니, 주연이었다.

"잘했어. 어제 막 좋다고 손님들이 칭찬하더라."

카운터 언니가 떠난 뒤, 주연은 미선관의 새로운 카운터 언니가 되었다. 최선을 다해봤지만 열리지 않던 취업의 문이 생각지도 못했던 곳에서 열린 것이다. 물론 주연이 취직했다는 소식을 들은 지인들이 어느 '회사'에 다니는지 물었을 때, 불가마에서 카운터를 본다고 하면 대체로 삼 초가량의 침묵이 흘렀다. 그런 뒤에는 '아니 왜'로 시작하는 설교가 이어지거나 '그래, 그럴 수도 있지'로 시작되는 일종의 위로가 이어지곤 했다. 요컨대 미선관의 카운터 업무를 제대로 된 직업으로 인정하는 사람은 없었다. 그런 일이 여러 번 반복되자 주연 역시 목욕탕에 취직했다는 사실을 선뜻 말하기가 꺼려졌다. 누군가에게 설교를 듣거나 위로를 받는다는 게 그리 유쾌한 일은 아니었기에. 하지만 근로계약서를 쓰던 날, 그런 생각은 깨끗이 사라졌다.

"목욕탕 카운터 업무라는 게 남들이 부러워할 만한 직업은 아니지만, 뿔 언니가 맡아주면 웬만한 회사 부럽지 않게 대우해줄게."

대장 언니가 제시한 연봉은 대기업 초봉에는 못 미쳤지만, 웬만한 중견기업 초봉 못지않았다. 사실 그 정도 연봉을 주는 중견기업이 지금까지 주연의 목표이기도 했다. 주연이 맡은 자리는 삼십 년간 직원이 바뀐 적 없는 보직이었다. 그만큼 원래의 카운터 언니가 잘해주기도 했고, 또 대장 언니가 잘해주기도 한 것이다.

"카운터 일은 웬만하면 내가 같이 해줄게."

카운터 언니 일은 사장인 대장 언니의 업무와 영역이 거의 정확하게 겹쳤다.

"그러니까 너무 열심히 하려고 하지 말고. 카운터에 앉아서 글도 쓰고 공부도 하고 그래. 그러라고 뿔 언니한테 이 자리 주는 거니까 눈치 보지 말고."

그녀의 말은 진심이었다. 대장 언니는 주연이 꿈을 이루는 걸 꼭 보고 싶었다. 기왕이면 자신의 이름으로 된 책을 안겨주며 환하게 웃는 주연의 얼굴을 보고 싶었다. 물론 그녀가 주연에게 바라는 게 그것뿐만은 아니었지만.

주연이 미선관에서 일하면서 윤기를 한 번이라도 더 마주치기를 대장 언니는 기대했다. 크리스마스의 만남 이후로 두 사람은 꽤 자주 만났다. 거의 매일 같이 밥을 먹었는데, 그건 모두 대장 언니가 "뿔 언니, 우리 집에서 같이 밥 먹고 오자." 라고 했기 때문이다. 함께 일했기 때문에 같이 밥 먹자고 말하는 게 조금도 어색하지 않았고, 먹는 김에 윤기에게도 함께 먹자고 한 것이었다. 이러한 그녀의 정성에도 불구하고 식사 자리에서 가장 많은 말을 하는 건 언제나 대장 언니였다. 그 외에 두 사람이 따로 만나는 일은 거의 없었다. '거의'라고 쓴 건 그래도 아주 가끔은 만났기 때문인데, 그마저도 오다가다 스쳐 지나가는 수준이었다. 아니면 주연이 먼저 보자고 해서이거나. 주연은 내심 윤기가 사귀자고 말해주기를 바랐지만, 그런 일은 다음 생에나 가능할 것처럼 보였다. 그래도 대장 언니는 그 만남에 희망을 걸고 있었다. 윤기가 주연을 만난 이후로 눈에 띄게 밝아졌기 때문이다. 이제 그는 더 이상 사람들 눈을 피하거나 숨지 않았다. 그러지 않으려고 노력하는 게 역력히 보였다.

주연은 새로운 일에 꽤 빨리 적응했다. 원래부터 주연과 친하던 단골손님들은 그녀를 여전히 '뿔 언니'라고 불렀고, 그렇지 않은 손님들은 자연스럽게 '카운터 언니'라고 불렀다. 그녀의 주 업무는 카운터를 보는 것과 전반적인 욕장 관리, 그리고 무엇보다 중요한 막 관리였다. 손님 응대나 욕장 관리는 이제 혼자서도 할 수 있을 만큼 익숙해졌는데, 문제는 역시 막이었다.

"뿔 언니, 일로 좀 와봐."

얼음 언니가 주연의 손을 잡아끌었다. 주연은 또 혼나겠구나 싶어서 마음의 준비를 했다. 주연이 막 물을 준 이후로 얼음 언니와 이쁜 언니 두 사람이 컴플레인을 가장 많이 했다. 매를 맞아도 우리한테 먼저 맞아야 한다는 마음으로 다른 손님들이 뭐라 하기 전에 철저하게 모니터링을 해준 것이다. 주연은 직접 막에 물을 줘보면서 카운터 언니의 빈자리를 크게 느꼈다. 지금껏 미선관이 막 좋기로 유명했던 데에는 분명히 카운터 언니의 몫도 있었던 것이다. 막은 살아 있는 생명체와도 같아서 매일매일 그 느낌이 다르다. 어떤 날은 습하고, 또 어떤 날은 건조하다. 습도가 딱 맞는 날에는 촉촉하면서도 찝찝하지 않아서 땀을 흘리면 개운하기가 이루 말할 수 없었다. 카운터 언니는 직접 불을 때는 화부는 아니었지만, 막 컨디션에 딱 맞는 물의 양을 감각으로 알고 있었던 것이다. 주연 역시 최선을 다했지만, 온도와 습도가 딱 맞는 막을 만드는 건 생각만큼 쉬운 일이 아니었다.

"안으로 들어와봐."

얼음 언니 손에 이끌려 들어온 막은,

"좋지?"

그녀의 말처럼 놀라울 정도로 좋았다!

"대체 무슨 짓을 한 거야?"

"그러게요. 진짜 별일이네요."

주연은 아무것도 모른다는 듯 말했지만, 세상에 이유 없는 기적은 없다. 주연이 처음으로 만들어낸 '막이 좋은 날'에도 그만한 이유가 있었다.

기록적인 강추위가 연일 이어지던 날이었다. 주연은 그날 도 얼음 언니 손에 이끌려 불가마에 들어갔다.

"어때?"

"그게…… 습하네요."

"오늘 날이 추워서 좀 있으면 손님들 밀어닥칠 텐데 큰일이 다."

그날의 불가마는 유난히 습했다. 막의 습도가 높으면 피부 에 물기가 금방 맺혀서 마치 땀이 잘 나는 것 같은 착각을 불 러일으킨다. 당연히 진짜 땀이 아니기에 피부 위로 줄줄 흘러 내려도 시원한 맛이 없다. 막 초보라면 오늘 땀이 잘 난다며 좋아할 수도 있겠지만, 막 좀 한다는 사람들은 피부 깊숙한 곳에서부터 뿜어져 나온 땀을 흘리지 못해 막을 해도 한 것 같지 않다며 불만족스러워할 터였다. 아니나 다를까. 주말인 데다 날도 추워서 세 시 무렵부터 손님이 밀려들었다.

주연은 손님들의 반응을 체크하기 위해 카운터는 대장 언니에게 맡기고 불가마로 갔다. 손님들은 너나 할 것 없이 원래의 카운터 언니를 그리워했다. 카운터 언니는 자신이 죽으면 금세 잊힐 거라고 생각했지만, 생각보다 많은 사람들이 생각보다 오래 그녀를 잊지 못하고 그리워하고 있었다. 그녀가 살아서 흘렸던 땀과 시간이 만들어낸 그때 그 순간에만 존재했던 온도와 습도를 손님들은 기억하고 있었다. 손님들이 조금이라도 더 편안하게 막을 즐길 수 있게 하려고 불편한 몸으로 쉼 없이 드나들며 젖은 거적은 씻어서 볕에 널어 말리고, 다 마른 거적은 걷어 와 채워놓던 그 정성까지도.

그날 저녁, 카운터로 윤기가 찾아왔다.
"이거."
그는 등 뒤에 숨기고 있던 뭔가를 수줍게 내밀었는데, 그건 다름 아닌 플라스틱 양동이였다. 주연은 얼떨결에 그것을 받아 들었다. 그러고는 왜 이런 걸 자신에게 주는 걸까, 고개를 갸우뚱했는데 하얀색 양동이 안쪽에 검은색으로 그려진 눈금이 보였다.

"뭐야, 이게?"

"아, 그거. 내가 계량컵으로 일일이 부어서 그려놓은 거야. 절대 물에 안 지워지는 유성펜으로 한 거니까 걱정하지 말고."

"아니, 근데 이걸 왜 그어 왔냐고?"

"아, 그게……." 윤기는 머뭇거렸다. "그게……."

"그게, 뭐?"

"너 고생한다기에."

"응? 무슨 고생?"

"너 불가마에 물주는 거 땜에 요즘 고생 많다고……."

"아, 대장 언니가 말씀해주셨구나?"

"응."

윤기의 말을 듣고 보니, 엉뚱하게만 보이던 양동이 선물이 다시 보였다.

"지금 쓰는 통으로 네가 평소 눈대중으로 가장 좋았다고 생각되는 만큼의 물을 여기다 부어보고, 그걸 기준으로 매일 매일 막의 온도랑 습도를 체크해봐." 그는 주머니에서 온도와 습도가 같이 측정되는 온습도계를 꺼내더니 그것 역시 수줍게 주연에게 내밀었다. "요리를 할 때도 엄마들이나 할머니들은 그냥 눈대중, 손대중으로 하잖아. 그분들은 평생 하신 거니까. 근데 경험이 부족하면 부족할수록 정확히 계량해서 레시피대로 해야 하거든. 나도 주방에 저울을 놓고 하나하나 재서 해."

그날 이후로, 주연은 원래 쓰던 파란 양동이 대신 하얀 양동이로 막에 물을 줬다. 그리고 윤기가 알려준 대로 셰프가 레시피를 만들듯 물을 조금 더 넣어보고, 또 조금 덜 넣어보고, 그 모든 변화를 노트에 기록하면서 물의 양에 따른 막의 습도와 온도를 체크했다. 직접 막 안에 들어가서 음식의 맛을 보듯 온몸으로 막의 상태를 확인하는 것도 잊지 않았다. 그렇게 꼬박 한 달가량을 일지까지 써가며 막에 딱 좋은 온도와 습도를 찾아나갔고, 드디어 처음으로 얼음 언니에게 칭찬을 듣게 된 것이다.

주연은 그 사실을 윤기에게 가장 먼저 알렸다.

"오랜만에 '막이 좋은 날 정식'이 나가야겠네."

윤기는 평소와는 다르게 기장 미역만으로 맑게 끓인 미역국과 함께, 갓 지은 밥과 정갈한 반찬으로 이루어진 오늘의 백반을 바삐 만들었다.

"카운터는 내가 볼 테니까 뿔 언니도 가서 막 해. 오늘 같은 날 자기가 만든 막에서 땀을 흘려야지."

대장 언니의 말에 주연은 샤워를 한 뒤 오랜만에 젖은 머리를 뿔처럼 올리고 다시 완벽한 뿔 언니가 되었다.

"막 좋다."

"어머! 이게 얼마 만이야!"

"좋다. 너무 좋아."

정말 오랜만에 맑이 좋은 날이었다. 막 문을 열고 나오니 미선나무에 하얀 꽃이 피어 있었다. 봄이 온 것이다. 이 막을 만들기 위해 온도와 습도를 맞추면서 겨울을 보낸 것이다.

아직 겨울의 기운이 남아 있는 바람이 주연과 이쁜 언니, 얼음 언니의 얼굴을 차례차례 쓸고 지나갔다. 뜨겁게 데워진 살갗 위로 바람이 불어오자, 세 사람은 너나 할 것 없이 스르르 눈이 감겼다. 얼마나 잤을까. 주연은 이쁜 언니의 웃음소리에 눈을 떴다.

"뿔 언니 깼어? 저기 봐봐."

미선나무 쪽을 가리키며 그녀가 말했다.

"왜요? 뭐가 있어요?"

"돼지!"

"갑자기 돼지요?"

주연은 그렇게 말하며 나무 뒤쪽으로 성큼성큼 걸어가는 이쁜 언니의 뒤를 따라갔는데, 거기에는 정말로 돼지 한 마리가 있었다. 새끼 돼지인지 애완용 돼지인지 품에 쏙 들어올 정도로 작았다. 깨끗하긴 또 어찌나 깨끗한지 미선관에서 목욕을 한 게 아닐까 싶을 정도였다.

"엄마야, 귀여버라. 이렇게 이쁜 돼지는 태어나 처음 보네. 너무 귀여워서 집에 데꼬가고 싶다."

이쁜 언니는 돼지에게 입을 맞추며 꼭 끌어안았다.

그리고 동시에 저 멀리서 "뿔 언니! 뿔 언니!" 하고 주연을 부르는 얼음 언니의 목소리가 마치 메아리처럼 들려왔다. 주연은 얼음 언니를 찾아 이리저리 두리번거렸지만 그녀의 모습은 보이지 않았다. 그러다 눈을 떴고, 얼음 언니가 평상 위에 누워 있는 자신을 내려다보고 있었다. 주연은 꿈을 꾼 거였다.

"뿔 언니, 자는데 깨워서 미안한데, 혹시 가스활명수 있어?" 얼음 언니가 말했다. "이쁜 언니가 체한 것 같다고 해서."

"아, 정말요? 근데 어쩌죠, 남은 게 하나도 없는데……."

"할 수 없지. 약국 가서 사와야겠다. 이상하게 속이 좀 메슥거리네."

이쁜 언니의 말에 주연은 혹시나 하는 마음에 방금 꾼 꿈에 대해 이야기해주었다. 돼지꿈은 대박 나는 꿈이라니까 나간 김에 로또라도 하나 사보라는, 농담이 반쯤 섞인 말과 함께.

"진짜? 로또 5만 원어치 사야겠다. 당첨되면 내가 우리 뿔 언니한테 10프로 줄게. 꿈 값으로."

"10억 되면 1억이네." 얼음 언니는 장사꾼답게 계산이 빨랐다. "되면 대박이겠다, 우리 뿔 언니."

이쁜 언니는 그길로 약을 사러 약국으로 갔고, 돌아올 때는 눈물로 뺨이 젖어 있었다.

"뭐야? 진짜 된 거야?"

얼음 언니는 흥분한 나머지 벌떡 일어섰고, 이쁜 언니는 등 뒤에 숨긴 뭔가를 내밀었다. 정말로 로또인가 싶어 다들 가까이 다가가 보았는데, 그건 로또가 아니라 임신 테스트기였다.

이쁜 언니는 약국에 가서 증상을 이야기하다 "혹시 임신 가능성은 없으세요?"라는 약사의 말을 들은 것이다. 생각해보니 요 며칠 체한 것 같은 데다가 생리도 늦어지고 있었다. 그래도 임신일 거라는 생각은 못 했다. 임신 테스트기를 사면서도 당연히 아닐 거라는 마음이었다. 오답을 확인하는 심정으로 임신 테스트기 포장을 뜯었다. 몇 년을 노력해도 번번이 착상에 실패하던 시험관 시술도 그만뒀고, 이제는 마음을 비우고 있었기 때문이다. 자식을 원했지만, 없으면 없는 대로 살아갈 수 있을 거라고 땀과 함께 욕심도 흘려버리려 했다. 그랬는데, 손에 들린 임신 테스트기에 선명하게 두 줄이 그어진 것이다.

"아까 뿔 언니가 꾼 그 돼지꿈이 복권이 아니라 태몽이었나 봐."

세 여자는 윤기가 준비한 미역국을 함께 먹었다. 윤기는 이쁜 언니의 소식을 전해 듣고 레시피를 변경해서 하얗고 쫀득쫀득한 새알 옹심이에 들깨를 가득 넣어 고소하게 끓인 경상도식 들깨 새알 미역국을 백반의 국으로 냈다. 이쁜 언니는 서울에서는 경험하기 힘든 반가운 맛에 눈물까지 흘리며 먹었고, 얼음 언니는 그런 그녀를 따뜻한 눈길로 바라보았다.

언니들이 모두 돌아간 뒤, 주연은 바나나우유에 빨대를 꽂아 마시며 욕장과 불가마 정리를 도왔다. 날아갈 듯 기분 좋은 봄밤이었다. 어둠이 내려앉아 검은 나무 그림자가 까마귀 깃털처럼 겹겹이 포개져 있는 까만 산 위로 보름달이 얼굴을 내밀었다. 미선나무에 핀 흰 꽃이 더욱 희게 보였다. 무슨 말이든 할 수 있을 것만 같은, 그런 밤이었다. 주연은 윤기에게 잠시 밖으로 나오라고 문자를 보냈다. 그리고 그가 계단을 내려왔을 때 말했다.

"우리 사귀자."

그런 다음 그에게 입을 맞췄다.

고백을 받고 싶다는 생각으로 기다리기만 하면 이대로 영원히 아무 일도 일어나지 않을 것만 같았다. 미선관으로 와서 주연의 인생이 변했다. 만일 목욕권을 발견하지 못했더라면, 발견하고도 오지 않았더라면 지금처럼 좋은 사람들은 만나지 못했을 것이다. 책도 쓰지 못했을 것이고, 어쩌면 여전히 모든 문제를 혼자 끌어안은 채 끙끙 앓고 있을 것이다. 주연의 갑작스러운 고백에 윤기는 잠시 넋이 나간 듯 가만히 서 있다가 주머니에서 뭔가를 꺼냈다. 편지였다. 펼쳐보니 안에는 고백의 말들이 빽빽하게 적혀 있었다.

"뭐야, 이게?"

"실은 계속 가지고 다녔어."

"언제부터?"

"크리스마스 다음 날부터."

"근데 아직도 못 준 거야?"

"응."

"바보."

"나?"

"너 아님 누구겠어?"

"너?"

"내가 왜?"

"바보 좋아하는 게 바보지, 뭐."

"그런가?"

두 사람은 특별할 것 없는 싱거운 말들을 주고받았고, 그것만으로 충분했다. 온도와 습도가 딱 맞는, 그야말로 더 바랄 것 없는 봄밤이었다.

주연이 미선관에 처음 왔을 때는 스물아홉의 봄이었다. 스물아홉에는 서른이 되면 모든 게 달라질 줄 알았다. 뭔지는 정확히 알 수 없지만, 늙음이나 쇠락같이 돌이킬 수 없는 것들이 다가오고 있다고 생각했다. 그러나 막상 서른이 되어도 별다른 일은 일어나지 않았다. 스물아홉과 서른, 그 사이에 놓인 건 그저 하루라는 그리 길지 않은 시간일 뿐이었다. 딱 하루치의 경험과 또 그만큼의 기억을 얻을 수 있었을 뿐, 달라진 건 없었다. 서른의 봄에도 변하지 않는 약속처럼 땅이 녹고 꽃이 피었다. 그걸 깨닫고 주연은 조금 편안해졌다. 서른을 카운트 다운하던 초조한 마음은 사라지고 스물아홉과 다를 바 없는 서른을 살아내고 있을 뿐이다. 때로는 최선을 다하고, 또 때로는 조금 안일해지기도 하고, 또 때로는 별 이유도 없이 우울해 졌다가도, 어느 봄밤에는 스무 살처럼 대책 없이 설레기도 하면서.

작가의 말

신데렐라 이야기를 모르는 사람은 아마 없을 겁니다. 많은 사람들이 신데렐라를 가난한 여자가 왕자를 만나 신분 상승에 성공하는 스토리로 기억합니다. 하지만 저에게 신데렐라는 조금 다르게 느껴집니다. 그녀를 떠올릴 때면 언제나 '왕자'보다 '아궁이'가 먼저 생각나기 때문입니다. 아궁이 속 불이 꺼지지 않게 지키느라 온몸이 재로 뒤덮인, 그래서 불에 덴 흉터투성이인 소녀. 그녀의 겉모습은 초라하지만, 슬픔이 서려 있는 눈동자에는 불길이 일렁이고 있습니다. 저는 그 소녀를 오랫동안 가슴에 품고 있었습니다. 이 소설을 쓰는 동안 가장 많이 생각한 것도 바로 그 소녀입니다.

'불가마'는 뜨거운 장작불이 타고난 뒤의 가마 속으로 사람이 들어가 땀을 흘리는 한국만의 독특한 목욕 문화입니다. 신데렐라가 들여다보던 아궁이로 사람이 들어가 뜨거움을 온몸으로 맞이한다는 게 어쩐지 저에게는 무섭게 느껴지기도 했습니다. 실제로 저는 여행을 가면 그 도시의 목욕탕부터 찾을 만큼 목욕을 즐기는 편인데도 불가마에는 들어가지 못했습니다. 좀 더 정확히 말한다면 그 문을 열 엄두조차 내지 못했습니다. 그러던 어느 날, 문 앞에서 서성이던 저의 머리 위로 하늘에서 동아줄이 내려오듯 큰 거적이 내려앉았고, 그것에 의지해 저는 그 안으로 발을 내딛을 수 있었습니다. 그 뒤로는 그렇게 좋아하던 탕 목욕을 뒷전으로 할 만큼 불가마를 사랑하게 되었습니다. 두려움의 한가운데로 뛰어들었을 때만 느낄 수 있는 의외의 쾌감이 거기에는 있었습니다. 마음속에서 어떤 불길이 일어나는 경험 또한 했습니다. 진흙이 뜨거운 열기 속에서 단단하고 빛이 나는 도자기가 되듯, 그렇게 사람도 가마 속에서 이전의 자신과는 다른 무언가로 변하게 되는 건 아닐까요? 많은 돈을 내야만 입장이 가능한 공간이 아니라, 누구나 쉽게 들어갈 수 있는 일상의 공간에 우리를 치유하고 변화시키는 힘이 숨겨져 있다는 건 정말 멋진 일입니다.

2012년 극작가로 데뷔한 이후 줄곧 대본 형식의 글만 써온

저에게 소설 쓰기는 새로운 도전이었습니다. 동시에 쉽지 않은 도전이기도 했습니다. 하지만 '첫 독자'를 만난다는 설렘으로 끝까지 쓸 수 있었습니다. 소설을 쓰는 내내 이 책을 들고 있는 당신의 모습을 생각했습니다. 당신은 힘든 하루를 마치고 침대에 누워 책을 읽다 잠이 듭니다. 또 어떤 날은 출근길 복잡한 지하철 속에서 어제 읽다 만 곳을 찾기 위해 책장을 넘기기도 합니다. 다른 날보다 특별히 더 지치는 날에 당신은 이미 다 읽은 책을 첫 장부터 다시 읽고, 그렇게 내일을 맞이할 용기를 얻습니다. 만나서 반갑습니다, 나의 첫 독자님.

  소설을 쓰고 책으로 펴내는 과정에서 많은 분들께 도움을 받았습니다. 흔쾌히 출간을 결정해주신 이수철 대표님, 수차례 거듭되는 수정에도 한결같은 정성으로 원고를 읽어주신 하지순 편집주간님, 책이 나오기까지 함께 애써주신 나무옆의자의 모든 가족분들께 감사의 인사를 전하고 싶습니다. 아름다운 표지를 그려주신 르소 작가님 감사합니다. 드라마 대본으로 먼저 쓰였던 이 소설에 큰 상을 주신 한국경제신문 신춘문예 관계자분들께도 깊이 감사드립니다. 이 이야기를 시작할 수 있도록 용기를 북돋아준 최경진 피디님, 어지러운 초고를 함께 읽어준 최설 작가님께도 감사의 인사를 전합니다. 그리고 불가마에서 만났던 모든 언니들, 고맙습니다. 당신들과 함께 작고 어두운 가마 속에서 땀을 흘린 시간이 없었다면 이 소설은 결코 쓰이지 못했을 테니까요. 마지막으로 무조건적인 사랑으로 나를 감싸주는 나의 가족, 친구들에게 감사와 사랑을 전합니다.

2024년 12월
정소정

꿈의 불가마

초판 1쇄 인쇄 2024년 12월 10일
초판 1쇄 발행 2024년 12월 18일

지은이 정소정
펴낸이 이수철
주　간 하지순
편　집 송규인
디자인 박예진
영업관리 최후신
콘텐츠개발 전강산, 최진영, 하영주
영상콘텐츠기획 김남규
관　리 진호, 황정빈, 전수연

펴낸곳 나무옆의자
출판등록 제396-2013-000037호
주소 (10449) 경기도 고양시 일산동구 호수로 358-39 동문타워1차 703호
전화 02) 790-6630 팩스 02) 718-5752
전자우편 namubench9@naver.com
인스타그램 @namu_bench

ⓒ 정소정, 2024

ISBN 979-11-6157-204-8 03810